KB114876

개의 마음

개의 마음

이토 히로미 지음 **나지윤** 옮김

책벌레

CONTENTS

다케는 조금 전까지 여기에 있었다.
그러나 이제는 없다.
조금 전까지 여기에 있던 것은 대체 무엇이었을까.

반려견과 함께한 마지막 2년의 기록,
이것은 삶과 죽음에 대한 이야기다.

언제나 다케는 나를 따라온다.
아무리 리드 줄을 있는 힘껏 당기고 버티며
'가기 싫다!' 라는 무언의 항의를 강력하게 표현해도
내가 리드 줄을 휙 풀어버리고 걷기 시작하면 다케는 움직인다.
자신을 키우는 주인에게는 저항할 수 있어도
자신이 지닌 태생적인 그것, 요컨대 개의 마음에는 저항할 수 없다.

Chapter 1

개의 마음

 개의
마음

마음이 조급하다.

서두르지 않으면, 다케에 대한 기록이 수박 겉핥기로
끝나버릴지 모른다.

다케. 태어난 지 13년 된 저먼 세퍼드. 인간의 나이로 56세. 개
수명으로 따지면 애저녁에 저세상으로 떠났을 나이. 내가 두 딸을
데리고 캘리포니아에 정착한 지 15년이 지났다. 처음 미국에 첫발을
내딛고 1년 반 후에 다케를 만났으니, 이국 생활의 대부분을 다케와
동고동락한 셈이다.

오늘도 여느 때와 다름없이 가까운 공원으로 다케와 산책을
나갔다. 공원 내부로 들어서자마자 익숙한 길로 발걸음이 향한다.
다케가 어렸을 적부터 줄곧 걸었던 길. 다케나 나나 융통성이라고는
약에 쓰려고 해도 없는 답답한 부류인지라, 일단 걸음을 떼기
시작하면 마지막까지 똑같은 코스를 주파하지 않으면 영 찜찜하다.
요즘은 노쇠해진 다케의 부담을 덜어주고자 공원과 집 사이를 오갈
때는 차를 탄다.

그렇게 오늘도 다케의 산책 코스를 한 바퀴 돌고 주차장에
돌아왔는데 아뿔싸, 차 키가 없어졌다. 중간 어딘가에 떨어트린 게

틀림없다. 나는 왔던 길을 되돌아가려고 다케의 목에 감긴 리드 줄을
당겼다. 다케는 잔뜩 골난 얼굴로 네 발에 힘을 주며 완강히 버틴다.
나의 긴박한 사정을 알 턱 없는 다케는 왜 왔던 길을 다시 되돌아가야
하는지 도무지 납득이 안 되는 눈치다. 안 그래도 늙어서
비실비실한데 오늘은 평소보다 많이 걸은 탓에 노견의 몸뚱어리는
파김치가 되었을 터. 못 가겠다 고집을 부리는 것도 이해 못하는 바는
아니나 그렇다고 다케만 덩그러니 홀로 남겨둘 수도 없는 노릇.
그렇다면 할 수 없다. 비장의 카드를 꺼내 들 수밖에.

　나는 리드 줄을 풀어버리고 총총히 앞으로 나아간다. 그러면
제아무리 고집불통 다케라도 마지못해 터덜터덜 발걸음을 옮긴다.

　언제나 다케는 나를 따라온다. 아무리 리드 줄을 있는 힘껏 당기고
버티며 '가기 싫다!'라는 무언의 항의를 강력하게 표현해도 내가
리드 줄을 휙 풀어버리고 걷기 시작하면 다케는 움직인다. 개의
내면에 존재하는 무언가가 작동하는 것이다. 자신을 키우는
주인에게는 저항할 수 있어도, 자신이 지닌 태생적인 그것, 요컨대
개의 마음에는 저항할 수 없다.

　그러므로 원치 않는 상황 앞에서도 다케는 개의 마음에 따라
힘겹게 굼뜬 발걸음을 내딛는다. 상황이 여의치 않으면 다케가 지닌
개의 마음을 교묘하게 이용하는 나도 오늘만은 그 모습이 참
안쓰럽다. 나는 "조금만 더 가자, 옳지!" 하면서 부드럽게 다케를

다독이며 앞으로 이끌었다.

13년 전에는 나도 개에 대한 지식이 턱없이 부족한 초짜였다. 개를 키우는 데 산책은 당연한 일상이라는 것쯤은 알고 있었으나 개의 체력에 대해선 참으로 무지몽매했다. 나는 당시 세 돌을 앞둔 막내딸 도메와 함께 다케의 산책을 시키곤 했는데 딸이 아직 어려 늘 유모차를 대동했다. 생후 4개월에 접어든 다케는 식구가 된 지 얼마 안 되었을 때라 나를 전적으로 신뢰하지 않았는데, 산책 중에 틈만 나면 에너지가 폭발해 나를 곤혹스럽게 만들었다. 잠시 도메를 챙기느라 리드 줄이 헐거워지기라도 하면 기회는 이때다 하며 고삐 풀린 망아지마냥 주변을 헤집고 다녔다. 쫓아가면 다케는 보란 듯이 훌쩍 더 달아났다. 덕분에 동네 사람들은 미친 듯이 질주하는 천방지축 강아지와 헉헉대며 유모차를 밀고 그 뒤를 쫓는 주인 간의 볼썽사나운 추격전을 심심찮게 목격하곤 했다.

그러던 어느 날이었다. 산책 도중에 역시나 리드 줄을 날쌔게 빠져나와 저만치 뛰어가던 다케가 무슨 일인지 우뚝 걸음을 멈춰 섰다. '어라, 저놈이 웬일이야?' 하며 다가갔더니 초롱초롱한 눈망울로 나를 그득하게 올려다보는 것이었다. 처음엔 영문을 몰라 멍하니 바라보다가 혹시나 싶어 물어보았다.

"……너도 유모차 타보고 싶니?"

그랬더니 다케는 기다렸다는 듯 고개를 위아래로 끄덕이고는

단숨에 유모차에 올라타는 것이 아닌가.

나는 그날 막내딸을 팔에 안고 강아지를 태운 유모차를 밀면서
집으로 돌아왔다. 큼지막한 두 귀를 쫑긋 세우고 눈을 반짝이며 나를
바라보던 그 모습이 어찌나 사랑스럽던지. 나이가 든 지금은 귀가
조그매졌다. 어릴 때는 얼굴이 작고 호리호리해서 귀만 보였는데,
나이를 먹어 몸집이 커지니 얼굴도 덩달아 커져서 귀가 상대적으로
작아진 것이다.

다케가 성견이 되자, 무엇보다 주체하기 힘든 개의 혈기를
자제시키는 것이 급선무였다. 아침 산책은 내가, 저녁 산책은 둘째
딸인 사라코가 맡았다. 겨울이 되면 거리가 금세 어둑해지므로
사라코는 캄캄해지기 전에 다케를 산책시키려고 꽤나 애를 먹곤
했다.

훈련소를 다니기 시작한 것도 그 무렵이었다. 훈련은 사라코가
담당했다. 그러나 운전면허도 없고 돈도
없는 철부지 중학생 소녀가 개를
착실히 훈련교실에 데려다 주고 비용을
지불할 리 만무했다. 당연한 귀결이지만,
아침 산책을 시키고 사료를 주고 일상생활
속에서 하나하나 예의범절을 가르치는 일은
내 몫이 되었다.

이왕 시작한 김에 나는 경찰견도 취급하는 전문적인 훈련소에
다케를 등록시켰다. 대형 사냥개인 저먼 셰퍼드는 거친 공격성을
통제하는 복종훈련과 공격성을 드러낼 때 이를 신속하게 제어하는
공격훈련이 필수였다. 우리 모녀는 매주 토요일마다 다케를
훈련교실에 데려갔고 위탁훈련도 여러 번 받았다.

초반에는 나나 사라코나 꽤나 진을 뺐다. "기다려!"라고 명령해도
사라코가 가버리면 다케도 벌떡 일어나 쪼르르 따라가기 일쑤였고
훈련사가 아무리 이름을 불러도 모른 척 달아나 내 뒤나 차 안에 쏙
숨어버렸다. 졸지에 문제견의 보호자로 낙인찍힌 사라코는 "다케는
정말이지 구제불능이야. 사춘기라도 온 거야 뭐야!" 하고 짜증 섞인
울분을 토해내다가 결국은 엉엉 울음을 터트리고 말았다.
(본인이야말로 한창 질풍노도의 시기를 통과하던 구제불능 시절이라
다케한테 그런 말을 할 입장은 아니었으나……)

우여곡절은 있었지만 다케는 무사히 초반 훈련을 마스터하고
고난이도 훈련에 들어갔다. 이를테면 악인(개의 공격을 대비해 보호복을
입은 훈련사)을 향해 무섭게 짖어대는 훈련, 악인를 쫓아가서 주인의
칼 같은 명령 한마디로 그를 덮치고 주인의 명령 한마디로 공격을
멈추는 훈련 등등.

다행히 휴일을 반납하며 고생한 보람이 있었다. 무섭게 짖어대는
훈련은 손님이 올 때마다 효과를 발휘했다. 악인으로 추정되는 낯선

이에세 님벼느는 훈련도 딱 한 번 쓸모가 있었다.

어느 날 사라코가 다케를 공원에서 산책시키던 중, 그녀에게 접근해온 공원 경비원 남자를 다케가 문 적이 있었다. 소식을 듣고 내가 한걸음에 달려가서 사태는 금방 진정되었으나 상대방이 횡설수설하는 태도가 영 석연치 않았다. 나중에 사라코에게 직접 얘기를 들어보니, 그 남자는 종종 혼자 공원을 걷는 소녀들에게 접근해 경비원 차림새로 상대의 경계심을 누그러뜨린 뒤에 해코지를 하곤 했다는 것이다. 아찔했던 순간이 아닐 수 없었다. 그날 저녁, 다케가 모든 가족에게 융숭하기 그지없는 영웅 대접을 받았음은 물론이다.

한번은 집을 공사하던 중에 집 안에 들어온 전기기사에게 달려들어 문 적이 있었다. 다케가 훈련소에서 배운 매뉴얼에 의하면 공교롭게도 기다란 자를 가지고 집 안에 들어온 전기기사는 '무기를 지닌 채 집 안에 무단 침입한 낯선 사내', 즉 악인의 모습이었던 것. 다행히 피해가 크지 않았고 전기기사도 개를 키우는 사람이라 너그러이 이해해주어 별 탈 없이 넘어갔다.

그 시절 덩치가 크고 용감무쌍한 다케는 못하는 게 없었다. 나와 산책을 나갈 땐 공원을 걸었지만 세 딸과 산책을 나가면 두 아이가 탄 자전거를 다케가 끌어서 언덕길을 내려오는 일이 다반사였다. 때문에 아이들이 자전거에서 넘어지고 자빠져서 다치는 일도 더러 있었으나 그만큼 아이들과 다케 사이에 정이 새록새록 쌓여갔을 테니 그 또한 추억이려니 했다.

사라코나 도메가 친구들과 함께 산책을 나가면 다케에게 본능적으로 개의 마음이 작동했다. 다케는 늘 여자아이들의 든든한 백그라운드 역할을 자임했다. 곁에서 지켜보다가 혹 무리에서 뒤처진 아이가 있으면 얼른 그 곁으로 다가가 무리 안으로 이끌기도 했는데, 이럴 때 다케의 모습은 꼼꼼한 인솔자 저리 가라였다. 무리를 휙 둘러보는 다케의 눈동자가 쉴 없이 움직인다.

'하나, 둘, 셋…… 어라, 한 명이 부족하다.'

무리를 통솔하고 인원수를 셈하고 무리에서 벗어난 자를 챙기는 일은 양떼를 돌보는 목양견이었던 저먼 셰퍼드가 지닌 본성에서 비롯된 것이리라. 19세기 말에 독일에서 혈통이 개량되어 지역 목양견과 이리 혼합견을 교배시켜 만들어진 셰퍼드는 제1차 세계대전에 군용견으로 활약했고 그 능력을 인정받아 세계적으로 자손이 번성했다. 참고로 전쟁 당시 독일과 적대국이었던 영국은 독일에 대한 반감 때문에 저먼(German) 셰퍼드를 알자스라고 부른다.

내가 읽은 동물책에는 저먼 셰퍼드가 늠름하고 영리하며 충성심이 강한, 한마디로 공격과 수비 모두 탁월한 야구선수 같은 개라고 적혀 있었다. 구구절절 옳은 얘기다. 지금까지 길러온 소형견이나 시바견(일본 토종개), 스피츠 피가 섞인 잡종견과는 비교도 안 될 만큼 다케는 보통의 개 이상의 모습을 보여주었다. 음식과 산책에 관한 무시무시한 집착을 제외하고는, 인간이 사는 모습과 하등 다를 게 없을 정도였다.

중년기에 들어서자, 다케는 무슨 일에든 심드렁하고 세상만사 다 귀찮다는 얼굴로 자기 침대에 드러누워 대부분의 시간을 보냈다. 이 모습을 본 가족이나 친구들은 병원에서 개 항우울제를 처방받는 게 어떠냐며 넌지시 권하기까지 했다. 아닌 게 아니라 그 시절 다케의 모습은 정말이지 갱년기 우울증을 겪는 중년 여성 같았다. 그러다 더 나이를 먹어 할머니 개가 되더니 우울증에서 다소 벗어났다. 체념하고 포기한 걸까.

문득 돌아가신 어머니가 떠올랐다. 어머니도 한동안 공격적인 성향의 우울증 증세를 보이다 병원에 입원하고 누워 지내는 시간이 길어진 뒤로는 우울증이 한결 나아져 (손발이 마비된 직후엔 우울증이 도리어 심해졌지만 이것도 금세 극복했다) 평온한 노년을 보내다 생을 마감했다. 다케도 어머니와 같은 과정을 밟고 있는 게 아닐는지.

다케와 산책을 다니는 공원에는 초록 물감을 풀어놓은 듯한 잔디밭이 끝없이 펼쳐져 있고 울창한 유카리 나무숲 뒤편에는 풍성한 자생식물 구역이 있었다. 우리는 집 앞마당처럼 마음껏 그곳을

산책했는데 얼마 뒤 잔디밭은 주차장으로 변했고 유카리 나무숲
절반가량이 깎여 나간 자리에는 노인센터 병설 커뮤니티 센터가
생겼다.

　자생식물 구역까지 없어졌다면 상당히 섭섭할 뻔했으나 다행히
그곳은 살아남았다. 대신 도보길이 만들어지고 주변에 울타리가
세워져 내부는 출입이 금지되었다. 우리는 가끔 인적이 드물 때 슬쩍
안으로 들어가곤 했는데 오랫동안 정든 공간이라 마음이 무척
편안해졌다. 어떤 식물이 자라고 꽃은 언제 피고 열매는 언제 나는지
속속들이 알고 있었다. 신비롭고 생명력이 넘치는 이곳을 거니노라면
마치 드넓은 산자락을 휘젓고 다니는 야인이 된 착각에 사로잡혔다.

　옛날 옛날 미국의 광활한 산속에 야생마 같은 남자가 홀로 살았다.
인디언 언어를 능숙하게 구사하는 그는 사냥을 하거나 군대에게 길을
안내하거나 곰고기 햄이나 사슴고기 육포를 만들며 하루하루를
보낸다. 그렇게 거칠 것 없는 바람처럼 살아가던 그는 어느 날
분신처럼 지니던 총과 함께 파란만장한 삶을 마감한다……. 끝없이
펼쳐진 풀밭에서 뚜벅뚜벅 걸음을 옮길수록 자유로운 야생의 삶에
대한 상상이 꼬리에 꼬리를 물었다.

　따지고 보면, 이 공원처럼 개의 산책에 최적화된 장소도 드물었다.
늘 주변에는 개를 데리고 산책 나온 사람들이 눈에 띄었다. 다케는
아이들과 있을 때는 양떼를 통솔하는 개의 마음에 충실하지만 나와

있을 때는 주인을 지키려는 개의 마음에 충실했다. 그래서 우연히
다른 개를 만나기라도 하면 날카로운 이빨을 곤추세우며 당장이라도
달려들 듯 공격 태세를 갖췄다.

　더러 개싸움이 벌어지기도 했는데 대부분 다케의 일방적인 승리로
싱겁게 끝났다. 상대 개가 상처를 입고 벌러덩 나자빠지는 일이
늘어날수록, 내가 상대 견주에게 싹싹 빌며 치료비를 지불하는 일도
늘어났다. 그러다 보니 산책 중에는 다케가 나보다 먼저 다른 개와
맞닥뜨리지 않도록 나는 희미한 소리에도 귀를 쫑긋 세우고 조그만
움직임에도 민감하게 반응하며 걸음을 재촉하는, 그야말로 개보다도
예민한 감각을 갖기에 이르렀다. 걸음을 걸을 때는 항상 "내가 먼저!"
하고 반복했다. 그러면 다케는 그 말을 기억하고 뒤로 한 발짝
물러났다.

　공원 곳곳에는 아기자기한 오솔길이 여러 갈래로 나 있고 양
옆으로 무성한 덤불이 이어졌다. 덤불 속에서는 사람이 노숙한
자취가 느껴지기도 했고 심지어 쓰다 버린 콘돔을 목격하기도 했다.
다케는 킁킁거리며 덤불 속으로 들어가곤 했는데 보통 내가 부르면
바로 나왔지만 감감무소식일 때가 있었다. 엄격하게 훈련된 습관과
충성을 바치는 주인을 모두 저버리면서까지 몰두하게 만드는 또 다른
개의 마음이 작동한 탓이리라.

　그렇게 한동안 시간을 보내다 돌아온 다케는 연신 입가를

핥아냈다. 무언가 먹은 게 틀림없었다. 노숙자가 먹다 버린 음식인지 누가 몰래 싼 인분인지 냄새로 대번 짐작이 갔다. 그럴 때마다 "왜 이런 걸 먹은 거야. 더럽게!" 하고 언성을 높이며 나무라도 보지만 다케는 도무지 무슨 말을 하는지 모르겠다는 듯 눈만 끔벅거리며 태연한 표정을 지을 따름이었다.

산책길을 걷다 보면 붉은 흙 표면의 가파른 언덕이 나온다.

다케가 팔팔해서 아무리 달리고 또 달려도 조금도 지치지 않던 시절, 나는 이 언덕 위에 서서 아래로 공을 던졌다. 다케는 이내 다가 그 뒤를 쫓아갔다. 어디에든 마구 던져도 다케는 언덕 아래를 이 잡듯이 샅샅이 뒤질 듯한 기세로 반드시 공을 찾아오곤 했다. 나는 위에서 다케의 팔딱거리는 모습을 보며 생각했다. 도대체 공의 무엇이 너를 그토록 매료시키는 거냐.

때로는 나뭇가지에 공이 걸릴 때도 있었다. 그러면 다케는 똑바로 서듯이 뒷발에 힘을 주고 서는 엉금엉금 나무를 타고 올라가 기어이 공을 잡아왔다. 수풀 속으로 깊이 들어가 버릴 때도 있었다. 다케는 적진에 잠입하듯 들어갔다가 붕대를 감은 미라마냥 몸 전체가 허연 거미줄 범벅이 되어 아무 소득 없이 나왔다. 그러나 다시 심기일전하여 몇 번이고 들어가서 집요한 수색 작업을 펼친 끝에 기어이 공을 가져왔다. 이쯤 되면 나도 헛웃음이 터져 나왔다. 아무리 봐도 그저 더럽고 꼬질꼬질한 공일 뿐이다. 공이 너무 지저분해서

손도 대기 싫을 때도 많았다. 하지만 다케가 반짝반짝 빛나는
눈망울로 공을 물고 오면 나는 최면이라도 걸린 듯 덥석 손을 공에
가져가곤 했다.

그런데 문제가 하나 있었다. 다케가 도무지 공을 입에서
놓아주지를 않는 것이다. 갖은 고난을 극복하고 공을 입에 문 채
의기양양하게 내 곁으로 다가오는 다케. 그런데 공을 놓아주질
않는다. 나는 단호하게 꾸짖는다. 이빨을 억지로 벌려서 공을
빼내려고도 해보지만 다케는 완강히 버틴다. 날카로운 이빨이
야무지게 앙다물고 있어서 웬만한 어른 힘으로는 어림도 없다.
이것만은 뺏기지 않겠다는 듯 이빨로 다부지게 공을 문 채 내가 먼저
포기하기를 기다린다.

어느 것 하나 흠잡을 데 없이 잘 훈련된 다케가 유독 공에
관해서는 이토록 거리낌 없이 자신의 욕망을 드러낸다는 사실에 나는
화가 치밀었다. 분노마저 느꼈다. 도저히 이해할 수가 없었다. 대체
이따위 공이 뭐라고. 공의 어디에 주인의 명령보다 중요한 게 있단
말이냐.

결국, 백기를 든 것은 나였다. 시답잖은 공 하나로 개와 실랑이를
벌이며 혼자 씩씩거리는 내 자신이 한심하기 이를 데 없었다. 개와
티격태격하다 체면을 구긴 뒤로, 나는 다케의 입에서 공을 빼내는
방법을 궁리하다 한 가지 비책을 떠올렸다.

　다음 날 나는 공을 두 개 준비했다. 다케가 공 하나를 묾고 왔을 때 나는 의미심장한 미소를 지으며 또 다른 공 하나를 보란 듯이 던졌다. 그 순간, 다케는 조건반사처럼 입에 물고 있던 공을 톡 떨어뜨렸다. 오호라!

　나는 언덕 위에서 다케와 공놀이를 하면서 몇 번이고 생각했다. 죽자 사자 공을 쫓아다니고 어르고 달래고 혼내도 공을 놓지 않다가도 다른 공을 던지면 허망하리만치 훌쩍 떨어뜨리는 행동에 대해서. 아마도 그것은 본인의 의지도, 경찰견이었던 조상으로부터 전해진 유전도 아닌, 다케의 내면에 깊이 뿌리내린 개의 마음에서 비롯된 것이리라.

　그로부터 얼마 뒤 나는 언덕을 내려왔다. 그리고 다케에게 공 대신 작은 나뭇가지를 던지고 그것을 가져오게 하는 놀이를 하기 시작했다. 다케가 중성화수술을 하면서 아줌마로 불리던 때부터다. 다케는 뚱뚱해졌다. 나도 뚱뚱해졌다. 사라코는 대학에 입학하자 집을 떠났고 (나중에 다시 돌아오긴 했지만) 다케의 산책은 아침과 저녁 모두 내 담당이 되었다. 저녁때는 도메도 따라왔지만 지나가는 개와 마주치고 벌어질 위험천만한 상황을 생각하면 도메 혼자 보내기엔 역부족이었다.

　언덕 아래로 유카리 나무들이 우뚝 서 있다. 유카리는 신진대사가 무척 활발해서 잎사귀부터 나뭇가지, 나무껍질이 자라나기 무섭게 부슬부슬 벗겨져나간다. 덕분에 다케에게 던질 만한 나뭇가지는 늘 차고 넘쳤다. 내가 나뭇가지를 슬쩍 손에 쥐기만 해도, 다케는 하반신을 바싹 낮추고 출발 호루라기를 기다리는 달리기 선수처럼 내 손을 뚫어져라 바라보았다.

오랫동안 그렇게 놀았다. 그 후로 몇 년 동안.

눈이 침침해지고 귀가 어두워진 다케는 이제 나뭇가지를 물어오지 못한다. 언덕 아래까지 내려가지도 못한다. 내려가면, 다시 위까지 올라가야 하기 때문이다. 경사가 급하고 짧은 오르막길과 평평하고 긴 오르막길. 언덕길은 두 갈래로 나뉘지만 두 곳 모두 다케에겐 힘에 부친다.

차 키는 언덕 아래 내려가는 좁은 길 입구에 있었다. 주차장으로 돌아오는 길을 다케는 멍하니 앞을 바라보며 묵묵히 걸었다. 간간이 숨이 끊어지듯 헐떡이는 소리가 들려왔다. 안 그래도 다리와 허리 관절이 상한 데다 과도하게 걸은 탓에 고통스러웠으리라.

본래 저먼 셰퍼드는 관절이 좋지 않은

새로 알려져 있다. 비교적 건강하게 살아온 다케지만 나이 앞에선
장사가 없는 법. 유구한 세월 동안 대를 걸쳐 이어진 질병이 서서히
본색을 드러낸 것일까. 업병(전생에 지은 악업으로 인한 업보로 생긴
병)은 아닐까.

　문득 아버지가 떠올랐다. 어머니와 사별하고 구마모토 집에서
홀로 늙어가고 있는 아버지. 다케는 아버지와 같은 나이가 되어
여기서 나와 함께 걷고 있다.

　다케가 나에게 오고부터, 나는 산책이라는 걸 하기 시작했다.
처음으로 공원에 갔다. 다케가 오기 전에는 근처에 공원이
있는지조차 모르고 살았다. 다케를 만난 건 여름 끝자락
무렵이었는데 공원 식물들이 죄다 말라비틀어져 있었다. 나는 그곳을
'황무지'라 이름 붙였다.

　겨울이 되고 눈이 내렸다. 봄이 오고 비가 내렸다. 을씨년스럽던
황무지에 하나둘씩 꽃이 피었다. 황량했던 잿빛 땅에 오색찬란한
비단을 깔아놓은 듯 찬란한 생명력이 넘실댔다. 그러다 모든 것이
서서히 말라비틀어져 이내 죽음에 이르렀다.

　봄이 지나고 여름이 지나고 가을이 지나고 겨울이 지났다. 비가
오고 꽃이 피었다.

　그리고 그곳에는 언제나 다케가 있었다.

 다케와
축구

　오랜만에 축구를 하러 공원 주차장에 갔다. 걸어서 넉넉 잡아 3분이면 갈 거리지만 다케가 노견의 반열에 오른 뒤부터 우리는 늘 차로 다녔다.

　다케는 어릴 적부터 축구라면 사족을 못 썼다. 세월이 흘러도 축구공을 향한 다케의 집착은 전혀 시들해지지 않았는데, 축구를 할 때만은 늙었다는 사실이 실감 나지 않을 정도였다. 그런데 이날따라 뭔가 낌새가 이상했다. 축구공을 주거니 받거니 하는 나와 도메 사이에서 네 발이 안 보이게 날아다녀야 할 다케가 무덤덤한 시선으로 공의 움직임만 좇고 있는 것이 아닌가.

　평소 우리 셋이 축구를 할 때의 룰은 다음과 같다.

　도메와 내가 공을 주고받는다. 다케는 잇달아 공을 쫓는다. 그러다 공이 정해진 코스에서 빗나가면 다케가 그것을 덥석 물어서 자기만의 요새로 가지고 간다.

　이 룰은 다케의 의견을 전폭적으로 반영한 결과였다. 다케의 요새는 곳곳에 놓인 잡목들인데 그날그날 기분에 따라 수시로 장소가 변했다. 일단 공을 가로챈 다케는 죽어도 뺏기지 않겠다는 자세로 깊숙이 물어버리는 바람에 공은 금방 흐물흐물해졌다. 다케가 공을 몰면 우리는 이구동성으로 "다케 1점!" 하고 외쳤는데 그제야 다케는 입을 벌려 공을 툭 떨어트리고 꼬리를 살랑살랑 흔들면서 다시 자리를 잡곤 했다. 그러다 우리가 다시 공차기를 시작하면 다시 공을 향해 돌진했다.

다케는 때때로 우리 사이에 난입해 수비 동작을 취하기도 했다. 그러면 우리는 다케의 다리 사이로 공을 패스했는데 이는 종종 엇나갔다. 그때마다 축구공은 다케의 몸통이나 안면을 강타했다. 온몸으로 공을 막아내는 다케는 웃음기 하나 없이 무표정으로 일관했으나 팔랑개비처럼 흔들어대는 꼬리를 보면 다케가 얼마나 즐거워하는지 알 수 있었다. 그러다 다시 공이 멀찍이 날아가면 다케는 언제 그랬냐는 듯 전열을 가다듬고 그 뒤를 쫓아갔다.

구멍이 숭숭 뚫리고 쪼그라들 대로 쪼그라진 축구공을 차던 어느 날이었다. 만신창이가 된 축구공 탓에 아무리 힘껏 차도 공이 높이 올라가지 못하고 맥없이 픽픽 떨어졌다. 공이 축구장 밖으로 나갈 적마다 다케가 이로 꽉 물어 요새로 갖고 가버리니 공은 더욱 오그라들었다. 며칠 뒤 축구공은 장렬히 전사했고 우리는 새로운 공을 구입했다. 표면이 반질반질하고 공기가 팽팽히 채워진 새 공은 저렴한 가격에 비해 상태가 제법 훌륭했는데, 역시나 얼마 안 가 다케의 이빨 공세에 시달려 여기저기 상처가 났다. 고민하던 끝에 우리는 한 가지 묘안을 짜냈는데, 바로 다케의 입에 테니스공을 끼워 넣는 것이었다.

처음 테니스공을 발견한 다케는 그것에 정신이 팔려 축구공은 안중에도 없었다. 그토록 집착해 마지않던 축구공의 존재는 까맣게 잊어버린 채 입 안을 가득 채운 테니스공에 푹 빠져 물고 뜯고 생난리를 쳤다. 우리는 당황했지만 포기하긴 일렀다. 나는 속으로 되뇌었다. 기다리자. 개의 마음이 다케를 움직일 때까지.

예상은 적중했다. 다케의 입은 거대했다. 공 하나를 물고 있어도 다른 공 하나가 눈에 띄면 그것까지 물어야 직성이 풀렸다. 그러니 테니스공 두 개를 한꺼번에 입에 물리면 다케는 축구공을 걸레짝으로 만들지 않고 공을 쫓을 수 있으리라. 아아, 이토록 간단한 것을 왜 이제야 생각했단 말인가. 조금만 일찍 깨달았다면 사나운 이빨에 축구공이 능지처참될 일도 없었을 것을.

쇼와 30년(1955년), 그러니까 내가 아이였던 시절에 도쿄 변두리 마을에는 구미토리야상이라 불리는 사람이 위생차를 타고 와서는 집집마다 변소에서 대소변을 퍼냈다. 거사를 마친 아저씨는 위생차에 달린 호스 입구에 야구공을 쏙 하고 집어넣었다. 다케 입 안에 테니스공을 넣을 때마다 그때의 광경이 떠올랐다. 위생차가 세워진 뒷골목의 습한 도로, 상록수와 팔손이나무, 아무리 도메에게 설명해도 절대 이해하지 못할 비릿하고 쾌쾌한 냄새, 골목길 뒤 아이들, 마을 풍경, 그리고…… 그 시절의 모든 것.

물을 민든 장본인이 모범을 보이는 건 당연지사. 다케는 늘 룰을 엄수했다.

'여기서 나오면 엄마와 언니의 공, 여기서 여기까지는 내 공.'

테니스공 두 개를 입 안에 가득 문 다케는 축구공을 이빨로 물어뜯는 대신 콧등으로 쿡쿡 찔렀다. 나와 도메 사이에서 공을 빼앗은 다케가 부지런히 콧등으로 공을 밀면서 자기 요새로 가지고 갔다. 콧등으로 공을 살살 눌렀다. 억지로 힘주어 움직이려 하지는 않았다. 마치 살아 있는 생물을 다루듯이 축구공을 쿡쿡 찌르면서 '어라, 왜 안 움직이지?' 하는 듯 아리송한 표정을 지었다.

축구공을 가지고 개와 이런 방식으로 놀게 될 줄은 미처 생각지 못했다. 축구놀이가 새로운 단계에 오르기까지 다케는 10년이 걸렸다. 초대형견이었다면 이미 수명이 다했을 터.

그렇게 다케와 축구놀이를 하고 있던 중 문득 죽음에 대한 상념이 와락 밀려왔다. 다케의 엄마견과 형제견도, 그들을 키우던 주인도, 어머니도 세상을 떴다. 그리고 아버지는 홀로 남겨졌다.

다케야, 너에게도 앞으로 죽음이 다가오겠다. 이제 막 축구가 무척 재밌어졌는데. 참으로 세월이 짧기도 하구나.

그로부터 3년이 지났다. 다케는 여전히 살아 있다. 축구는 더 이상 못하게 되었지만 눈으로 공을 쫓는 건 가능하다.

 니코는
어리광쟁이

겨울비가 내린다. 캘리포니아는 겨울에만 비가 내린다. 부슬부슬
수줍게 내리는 게 아니라 폭풍우가 몰아치듯이 무시무시하게
쏟아진다. 바다도 퍽 사나워진다. 이때를 계기로 바짝바짝
말라비틀어졌던 식물들이 싱싱하게 고갯짓을 한다. 마른 대지를
적시는 단비임은 틀림없지만 난감한 게 하나 있다. 바로 개들이 밖으로
나가지 못한다는 것.

캘리포니아의 일반적인 주택은 비바람 따위를 전혀 배려하지 않는
구조다. 차양은 고사하고 빗물받이도 없으니 무심결에 현관문을
열었다간 쏟아지는 빗물 세례로 졸지에 물에 빠진 생쥐 꼴이 되기
십상이다. 본디 밖에 나가서 볼일을 해결하던 개들은 문밖을
나가려는 순간, 후드득 떨어지는 물줄기를 보고 흠칫 놀라서 도로 집
안으로 줄행랑친다.

그러한 연유로, 비가 내리면 니코는 집 안 곳곳에 당당하게 실례를
하고 다케도 거대한 똥 덩어리를 계단 근처에 투척한다. 타일을 붙인
계단은 볕이 참 잘 들어 화분을 빽빽이 놓아두었는데, 우리는
그곳이라면 외부에 준하는 장소라 여기고 다케가 강아지 때부터
배변을 해도 좋다고 가르쳤다. 그렇긴 해도 어디까지나 계단 주변은

비상시 사용하는 용변 장소로 평소에는 늘 밖에 나갈 때까지 참곤
했다.

반려견의 용변 뒤처리는 주인과 이별할 때까지 이어지는
일상이다. 그러나 여기저기 똥오줌을 싸지르고 다니는 니코의 고약한
버릇에는 정말이지 온 가족이 두 손 두 발 다 들었다. 이 집에서
5년의 세월 동안 살을 맞대며 살아왔는데 니코는 여전히 낯선 곳에
온 것처럼 집 구석구석에 영역 표시를 해댄다. 다케처럼 정해진
장소에 볼일을 보는 최소한의 예의는 니코에게서 찾아보기 힘들다.
날마다 "맙소사, 이런 데까지!" 하고 기함하는 일이 벌어진다. 이건
뭐 심술궂은 보물찾기도 아니고, 일부러 나를 골탕 먹이려는 게
아니라는 건 알지만 해도 해도 너무한다.

기본적으로는 니코는 전신주를 꽤나 좋아한다. 침실에 있는 이불
끝자락이 바닥까지 늘어져 있으면 아래에서 위로 우뚝 솟아난
전신주라고 여기고 냅다 돌진한다. 도메의 가방이나 스웨터가
바닥까지 길게 매달려 있으면 그것도 전신주라고 착각해 다짜고짜
덤벼든다.

얼마 전에는 내 책상 아래에 똥을 싸질렀다. 미리 덧붙이자면,
니코는 내 작업실에서 하루의 절반을 보낸다. 그러므로 작업실
안에는 니코만의 공간이 따로 마련되어 있다. 그런데 죽었다 깨나도
자기 영역에는 볼일을 보지 않는다. 개라면 응당 자기만의 영역에

실례를 해야 하거늘 나조차 알고 있는 원칙을 정작 본인은 왜
모르는지 멱살이라도 잡고 물어보고 싶은 심정이다.

　이런, 니코의 소개를 깜박했다. 니코는 다섯 살 먹은 파피용
수컷이다. 다케가 여덟 살이었을 때, 그러니까 니코가 태어난 지
3개월 된 아기였을 때 우리와 한솥밥을 먹게 되었다.

　다케는 8세가 될 때까지 다른 개를 극도로 싫어했다. 개가 주변에
얼쩡거리기만 해도 득달같이 덤벼들어 내쫓아버려야 직성이 풀렸다.
니코가 처음 왔을 때, 우리 집에는 폭풍전야의 전운이 감돌았다.
니코를 데리고 온 개 조련사는 잡아먹을 듯이 니코를 노려보는
다케를 보고 안색이 급격히 어두워졌다. 불행인지 다행인지 나는
당시 그 자리에 없었는데, 딸의 말에 의하면 그는 나갈 때까지 정말로
니코가 이 환경에서 목숨을 부지할 수 있을지 가족들에게 몇 번이고
다짐을 받았다고 한다.

　인간으로 치자면 여덟 살인 다케는 노년의 초입에 합류한 중년
여성이고 3개월 된 니코는 머리에 피도 안 마른 아기인 셈이었다.
아니나 다를까, 다케는 니코를 눈엣가시로 여기며 틈만 나면 이빨을
드러내고 그악스럽게 짖어댔다. 다케에게 물어뜯긴 니코의 피를
보기도 수차례였다. 무자비한 텃세가 이어졌지만, 내가 보기에 선을
넘었다 싶은 심각한 사태는 발생하지 않았고 그럭저럭 평온한 상태가
이어졌다.

개의 세계에서 고상한 민주주의는 존재하지 않는다. 무소불위의
권력을 휘두르는 포악한 상위자와 그 밑에 납작 엎드려 알아서
굴복하는 비굴한 하위자가 있을 뿐이다. 가족다운 따뜻한 배려나
애정은 언감생심 존재할 턱이 없다. 그들 각자가 인간들에게
개별적으로 주고받을 따름이다.

어찌 됐든 얼마 뒤, 니코는 공식적으로 막내딸 도메의 애견으로
족보에 올랐다.

니코가 우리 집에 오게 된 경위는 이렇다. 5년 전 나는 도메를
데리고 몇 개월 동안 친정 구마모토에 머물렀다. 다른 두 딸은 모두
독립했으니 우리가 떠나면 남편 홀로 캘리포니아에 남겨지는
셈이었다. 나는 그저 일본어가 서투른 막내딸을 위해 함께 일본행을
택했을 뿐, 언제고 다시 돌아올 예정이었다. 남편이 함께 가도
상관없었으나 그는 일본어도 못하고 습기 찬 기후를 질색하는 데다
업무에 지장이 생기는 등 여러 사항을 고려해 집에 남기로 했다.
그러자 갑자기 남편은 친딸을 다시는 만나지 못할지도 모른다는
불안감에 사로잡혀서 도메의 마음을 사로잡기 위해 눈물겨운 노력을
하기 시작했다.

크리스마스 직전에 우리 모녀가 캘리포니아 집에 돌아왔더니
큼지막한 크리스마스트리 밑에 도메가 키우고 싶다고 노래를 부르던
파피용 강아지가 앉아 있었다. 도메를 캘리포니아에 돌아오게 하려고

남편이 마련한 깜짝 선물이었다. 도메는 뛸 듯이 기뻐하며
귀여워했지만 웬일인지 강아지는 도메보다 나를 더 따랐다.

안으면 바스러질 듯 연약하고 조그만 생명체는 큼지막한 귀를
어설프게 흔들면서 어기적거리며 걸어 다녔다. 도메가 저 강아지를
키우도록 해야지, 하고 다짐하면서도 차마 내버려두면 죽기라도 할까
봐 늘 캥거루처럼 내 품에 넣고 다녔다. 나중에는 하도 옷 안에 품고
다녀서 스웨터 목둘레가 너덜너덜 늘어날 정도였다. 먹는 양도
턱없이 적어서 영양실조라도 걸릴까 봐 무릎에 앉혀서 스푼으로 한입
한입 떠먹여주었다. 영어로 'hand-fed'라고 하면 손으로 먹이를
주는 조그만 새라는 뜻인데, 니코는 말 그대로 내가 손으로 먹이를
주며 키운 동물이었다. 그러니 니코가 어찌 나를 따르지 않겠는가.

내가 일할 때는 그림자처럼 내 발치를 지켰고, 자고 있으면 침대에
쏙 들어와 찰싹 들러붙어 몸을 비볐다. (단, 남편이 있을 때는 국물도
없었다) 운전 중에는 운전석 팔걸이 근처에 똬리를 틀고는 내가 보는
방향을 따라 시선을 돌렸다. 때로는 애인이 교태를 부리는 것처럼 내
팔에 착 감겨오기도 했다.

일전에 한 가지 실험을 한 적이 있다. 공원에서 니코를 저만치
두고 맞은편에 딸들과 내가 서서 일제히 "니코, 이리 와!" 하고
불렀다. 니코는 한 치의 망설임도 없이 나에게 달려왔다. 몇 번이나
해도 결과는 마찬가지였다. 아아, 그때의 뿌듯함이란! 명색이

공식적인 니코의 견주인 도메는 얼굴이 벌겋게 달아올랐다. 그녀는 결과에 순순히 승복하지 못하고 격렬히 항의했다.

"엄마 비겁해! 그렇게 째지는 하이톤으로 부르니까 니코가 그쪽으로 간 거야!"

나는 조금도 당황하지 않고 이번에는 남자 같은 저음으로 니코를 불렀으나 그래도 결과는 마찬가지였다. (하하하, 역시 니코는 내 개지. 암, 그렇고말고!)

다케를 친구에게 받았을 때의 일이다. 친구는 내 귀에 딱지가 앉도록 주의를 주었다.

"저먼 셰퍼드는 성실하고 영리한 개니까 항상 무언가 일거리를 주어야 해. 그리고 공격성이 잠재되어 있으니 반드시 훈련시켜서 주인이 통제할 수 있도록 만드는 것도 잊지 마!"

조언을 깊게 새겨들어 나는 다케를 경찰견도 취급하는 훈련소에 입소시켰고 수년간 매주 토요일 오전마다 훈련교실에 다녔다.

다케의 훈련은 둘째 딸 사라코가 맡았다고 앞서 말한 바 있다. 당시 중학생이던 사라코는 말 그대로 문제아였다. 하루가 멀다 하고 사고를 치고 다니는 반항적인 딸아이 때문에 골머리를 앓던 나는 그 문제에서 도피하고픈 마음에 일부러 사라코를 훈련소에 동참시켰다. 그리고 그곳에서 딸은 자신과 다름없는 골칫덩어리 다케(지시에 따르지 않고 도중에 나 몰라라 달아나 버리고 막무가내로 떼를 쓰는 등등)를 훈련시키는 문제에 직면했다.

결론부터 얘기하자면 사라코는 멋지게 해냈다. 어엿한 어른 입장에 서서 복종훈련은 물론이거니와 '악인을 위협하고 주인의 신호를 받으면 공격하기', '보호복을 착용한 악인을 쫓아가서 쓰러트리기' 등의 훈련까지 빈틈없이 해냈다. 다케도 초반기의 난관을 극복한 뒤에는 놀랄 만큼 우수한 모범견으로 성장했다. "앉아!" 하면 말이 끝나기가 무섭게 뒷다리를 접어 앉고 "엎드려!" 하면 납작 엎드려서 다음 지시가 들릴 때까지 바위처럼 꼼짝도 하지 않았다. 지금이야 나이 들어 이빨 빠진 호랑이 신세지만 혈기왕성하던 시절에는 완벽한 훈련을 마스터한 개의 표본이라 할 만했다.

반면 니코의 경우, 공식적인 견주인 도메는 저 놀기 바쁜 초등학생이었다. 기껏해야 동네 애견숍에서 마련한 느슨하기 짝이 없는 예절교실에 6주간 함께 다니는 게 고작이었다. 예절교실 선생님의 지극히 형식적인 칭찬이 도메를 의기양양하게 만들었으나 교실이 끝나면 니코도 도메도 학습한 내용은 새까맣게 까먹곤 했다.

다케가 가장 애착을 갖는 상대는 여전히 사라코지만 아이들 생활이란 눈 깜짝할 사이에 변하기 마련이다. 다케와 찰싹 붙어서 단짝처럼 지내던 사라코는 대학에 진학하면서 집을 떠났다. 방학이 되면 잠시 돌아오긴 했지만 다케 입장에서 보자면 사라코는 자기 곁을 떠나버린 것과 다름없었다. 나중에 돌아온다 해도 언젠가 다시 떠나버린다는 사실만 절감할 뿐.

사라코가 방학을 맞이해 집에 돌아왔다 다시 떠날 때마다 다케는 주인 잃은 개처럼 내 뒤를 졸졸 따라다녔다. 낮에는 내 방에서 시간을 보내고 밤에는 텅 빈 사라코 방에서 잤다. 산책을 시키고 끼니를 챙겨주고 훈련을 하고 놀아주고 씻겨주는 일 모두가 내 몫이 되었다. 그렇게 다케는 서서히 나의 개가 되어갔다. 그럼에도 내 품에서 지극정성으로 키웠던 니코와 비교해보면 확실히 니코에게 더욱 마음이 기우는 건 어쩔 수 없다.

2, 3년 전 다케가 가정견 일을 은퇴한 뒤로 니코가 그 역할을 이어받았다.

고양이나 곰이 영역을 침범하면 맹렬하게 쫓아버리고 영역을 순찰하며 쇼핑을 할 때도 나를 따라온다. 차 안에서 있을 때는 운전자 팔걸이 위에 지정석인 양 자리를 잡고 앉아 주변을 살핀다. 위험한 것이라도 지나가면 잔뜩 경계심을 드러내며 '엄마'를 지켜준다. 산책 중인 다른 개, 조깅하는 사람, 유모차가 특히 경계 대상. 그러나 아무리 그래도 파피용 피가 어디 갈까. 내 손으로 키운 강아지 니코는 자신에게 주어진 임무를 완수하기 위해 위험물을 향해 앙칼지게 짖어대다가도, 얼마 뒤엔 언제 그랬냐는 듯이 타고난 천성으로 돌아와 운전 중인 '엄마'에게 들러붙어 살랑살랑 애교를 부린다.

 # 엄마,
다리 아파요

흔히 개의 3개월은 인간의 3년에 버금간다고 한다. 지금부터 할 이야기는 3개월 전 일이니 다케는 그로부터 세 살이나 더 먹은 셈이다.

늘 산책을 다니는 가까운 공원 말고 차로 10분을 달려서 도착하는 공원이 있다. 둘레에 자그마한 개천이 흐르고 물가를 따라서 버들과 식물이 울타리처럼 군락을 이루는 곳이다. 얼핏 갯버들을 닮은, 뽀송뽀송한 가지 이삭들이 머리를 내민 키 작은 버들들이 풍성하다. 그래서 사람들은 버들공원이라고 부른다. 이곳의 인적 드문 뒷길에 사과나무가 하나 있다. 해마다 사과가 주렁주렁 열리면 나는 딸을 데리고 몰래 사과를 따러 간다.

우선 주차장에 차를 세운다. 조금 걸으면 완만한 내리막길이 나오다가 평탄한 길이 이어진다. 놀고 있는 아이들의 목소리가 하늘을 찌른다. 놀이기구가 나온다. 잔디밭이 나온다. 그리고 테니스장이 나온다. 간혹 우리가 테니스 치는 코트에서 튀어나온 공을 주워줄 때도 있지만 대부분 테니스장을 지날 때는 각별히 조심한다. 다케가 테니스공을 상대편 코트에 힘껏 때려 넣는, 일명 '스매시' 소리라면 아주 치를 떨기 때문이다. 처음부터 그랬던 건

아니고 나이가 들면서 점점 공포감이
커졌는데 아무래도 그 공에 가격당하는
두려움이 생긴 모양이다. 스매싱 소리만 들으면
잔뜩 흥분해서는 다짜고짜 줄행랑을 치는 바람에
내가 잠시 한눈을 팔다 보면 어느새 주차장까지 가 있는 일도
부지기수다. 천진난만한 아이들이 뛰노는 평화로운 공원에서 눈에
핏발을 세우고 우악스러운 표정으로 질주하는 거대한 저먼 셰퍼드.
얼마나 야단스러운 소동이 펼쳐질지 불 보듯 뻔하다. 이런 사태를
미연에 방지하고자 나는 테니스장 앞에서는 리드 줄을 단단히 고쳐
매고는 다케를 아기마냥 어르고 달래면서 조심스럽게 발걸음을 옮긴다.
　테니스장을 무사히 지나면 방해물은 더 이상 없다. 오솔길 양쪽은
수풀로 큼지막한 울타리를 이룬다. 졸졸졸 물이 흐르는 소리도
들려온다. 억새도 있고 갈대도 있고 부들도 있고 버들도 있다.
큼지막한 유카리 나무도 있다. 새빨간 꽃들이 흐드러지게 피어 있다.
붉은 융단이 펼쳐진 듯한 꽃밭을 지나 좀 더 걷다 보면 길 맞은편에

그토록 고대하던 사과나무가 늠름한 위용을 드러낸다. 나무에 매달린 것을 따서 그대로 한입 베어 먹으면, 설령 좀 떫고 시더라도 어릴 적 참외서리를 하는 아이들마냥 가슴이 두근거려서 견딜 수가 없다.

올해는 다케의 발걸음이 한층 무거워져 멀리 산책 나가는 일도 없어졌다. 버들공원까지 가는 것도 포기해야겠다 싶었다. 그러나 시간이 흘러 사과가 열리는 계절이 되자, 나의 서리꾼 기질이 삐죽삐죽 고개를 쳐들기 시작했다. 어느 날 나는 사과를 따고 싶다는 강렬한 욕망을 뿌리치지 못하고 다케를 이끌고 버들공원으로 향하고 말았다. 천천히 걷다 보면 어떻게든 되겠지, 하는 막연한 바람을 가지고.

역시나 무리수였다. 길 절반쯤부터 불편한 기색을 드러내기 시작한 다케는 테니스장을 지나는 도중에 거칠게 숨을 헐떡이며 다리를 질질 끌기 시작했다. 다케의 얼굴을 들여다보았다. 원망과 괴로움 가득한 눈초리. 다케는 간신히 발걸음을 한 번 떼고 다시 나를 올려다보더니 땅이 꺼져라 깊은 한숨을 내쉬었다. 죄책감이 물밀듯이 밀려왔다. 기껏 사과 하나 먹겠다고 지금 무슨 짓을 하는 것이냐. 내가 단단히 미쳤지. 나는 사과를 포기했다.

그런데 이상한 노릇이었다. 왔던 길을 다시 되돌아서 주차장 근처에 가까이 가자 다케의 다리가 한결 가벼워지는 게 아닌가. 숨도 더 이상 헐떡이지 않고, 표정에도 안심한 빛이 떠올랐다. 그 얼굴을 보고 있자니 문득 젊을 때의 다케가 떠올랐다.

무더운 여름날 우리는 언덕길을 걷는 중이었다. 갑자기 다케가 풀썩 주저앉더니 앞발을 내밀면서 낑낑거렸다. '엄마, 다리 아파요' 하고 호소하는 모양새였다. "다케야, 왜 그래?" 하며 들여다보았더니 괴로워서 못 견디겠다는 듯이 두 귀를 축 늘어뜨리고는 다른 앞발도 슬쩍 내밀면서 '이쪽 발도 아파요' 하고 낑낑대며 보챘다. "이것 참 큰일이네. 그럼 돌아갈까?" 하고 말을 건네자 다케는 벌떡 일어서더니 휙 뒤돌아서 성큼성큼 걸어가는 것이었다.

무서운 녀석 같으니. 늙었다고 얕봤다가 한 방 먹었다. 분했지만 한편으론 놀라웠다. 팔팔하던 시절의 연기력이 아직까지 남아 있을 줄이야.

엄마,
거기 있어요?

점점 더 마음이 조급해진다.

서두르지 않으면 다케의 수명 사이클을 따라잡지 못할 것만 같다.
언제부터인가 다케의 잠자는 모습이 딱딱한 시체처럼 보이기 시작
했다.

멀리서 보면 죽어버렸나 싶을 때가 한두 번이 아니다.
긴가민가하고 가까이 다가가 살펴보면 정말로 죽은 것 같다. 가만히
관찰하다 보면 도무지 살아 있다는 느낌이 들지 않는다. 복부는
미동도 없고 얼굴도 실룩거리지 않고 슬쩍 만져도 일어나지 않는다.
조금 세게 만지면 그제야 껌벅 눈을 뜨고 얼빠진 표정을 짓는다.
젊었을 적에는 자는 척만 할 뿐 결코 잠들지 않았던 다케였다. 내가
조금만 움직이면 벌떡 일어나서 씩씩하게 내 뒤를 따라오곤
했는데……

그러고 보니, 다케가 자는 모습은 아버지와 판박이다.

올해 89세가 된 아버지는 구마모토에서 혼자 지낸다. 나는
아버지의 상태가 걱정되어 자주 구마모토행 비행기에 오른다. 숙면은
잘 취하지만 아버지가 자는 모습을 가만히 훔쳐보면 딱딱한 시체
같다. 다케와 아버지가 잠자는 모습을 보면 늙은이 특유의 무기력한

기운이 느껴진다.

기력이 쇠약해질

대로 쇠약해진

아버지는 아래턱이 쑥 빠진 채로 잠드는데 그

모습은 마치 완성 직전의 미라 같다. 다케는 길가에서

비명횡사한 코요테(개과에 속하는 야생동물)처럼 사지를 축 늘어뜨리고

잔다. 머리는 애견용 침대에서 바닥으로 털썩 흘러내린 채로. 때문에

나는 하루에 몇 번이고 다케 앞에 가서 생사 여부를 확인해야 직성이

풀린다.

얼마 전 일이다. 동이 트기 전의 어두컴컴한 새벽녘, 다케가 나를

깨우러 왔다가 그만 발을 헛디디며 계단에서 굴러떨어졌다. 쿵, 하는

소리를 듣고 잠이 깬 사라코가 일어나 보니 계단에서 떨어진 다케가

층계참에서 나동그라져서는 부들부들 떨고 있었다. 계단의 타일 바닥

위에는 물이 흥건했고 타일 이음매를 따라 물이 흘러내렸다. 다케의

소변이었다. 계단을 올라가기 전에 층계참에 있었던 것일까. 소변이

마려웠다면 굳이 나를 깨우지 않아도 될 일이었다. 잠결에 정신이

멍해졌는지 두 계단을 급하게 올라가다 헛디딘 모양이었다. 그러나

사라코가 다케를 발견한 뒤에도 나는 여전히 숙면 중이었다. 그날

저녁 늦게까지 작업을 한 터라 잠자리에 들자마자 그야말로 죽은

듯이 잠들어버린 것이었다.

다케는 사라코를 바라보며 눈빛으로 이렇게 말을 건넸다고 한다.

'사라코 언니가 깨우러 가면 엄마도 일어날 거야. 엄마 좀 깨워줘.'

다케가 발톱으로 힘차게 마루를 벅벅 긁으면 집 안 곳곳에 그 소리가 메아리친다. 다케의 마루 긁는 소리를 듣고도 눈을 뜨지 않기는 웬만큼 깊은 잠에 빠져들지 않는 이상 불가능한 일이다. 그것도 쥐 죽은 듯이 조용한 오밤중에 거대한 발톱 소리가 집 안에 울려 퍼지면 자동으로 눈이 떠질 수밖에 없다. 그럼에도 내가 일어나지 않으니 다케는 두세 번 내 침대 주위를 맴돌다 아래로 내려가 타일 위에 소변을 본 것이다.

다케가 강아지 때는 사라코 방의 크레이트(애견 전용 집)에서 잤다. 크레이트 문은 밤새도록 잠가두었다. 어린 다케는 밤에 종종 배탈이 나거나 오줌보가 꽉 찼다. 그럴 때마다 밖에 나가고 싶어 버둥거렸으나 아무리 발버둥을 쳐도 당시 열세 살이던 사라코는 아침까지 쿨쿨 잠에 빠져 도통 일어날 생각을 안 했다. 결국 다케는 크레이트 안에서 볼일을 봐야 했다. 자존심이 구겨질 대로 구겨진 다케는 훈련받은 개로서 해서는 안 되는 실수를 범했다며 스스로 한탄하면서 (부끄러워한다는 자체가 니코보단 백배 양반이거늘) 구린내가 진동하는 크레이프 속에서 하얗게 밤을 지새웠다.

많은 세월이 지났지만 다케는 그 일을 필생의 수치로 기억하는 모양이었다. 밤중에 요의를 느끼면, 천근만근의 노쇠한 몸을 이끌고 계단에서 굴러떨어지길 위험을 감수하면서도 2층까지 올라와 나를 깨우려고 하니 말이다.

그러고 보니 다케는 내가 일본에서 돌아온 밤에도 그리고 그 나음 밤에도, 위험을 무릅쓰고 2층까지 올라왔다. 당시 나는 일본과 미국을 오가느라 종종 집을 비우곤 했는데 일본에서 돌아온 직후에는 시차 적응 때문에 숙면을 취하지 못해 다케의 발톱 긁는 소리에 금세 눈이 떠졌다. 소변을 보고 싶은가 싶어 1층에 내려가 현관문을 열어주었지만 다케는 꼼짝도 하지 않고 나만 물끄러미 쳐다보았다.

다케는 그저 확인하고 싶었던 것이다. 내가 집에 돌아왔다는 사실을.

'엄마, 거기 있어요?'

'이제 집에 돌아온 거죠?'

 다케는
다혈질

　가을이 되자, 흡사 유령 같은 모습으로 내 가슴을 철렁 내려앉게 만든 다케가 생기를 다소 되찾았다. 어제는 심지어 달리기까지 해서 내 눈을 의심하게 만들었다. 알고 보니 도메와 니코가 애견쿠키를 흔드는 내 쪽으로 달려가는 것을 본 다케가 쿠키를 자신이 좋아하는 육포로 착각한 것이었다.

　참고로, 니코와 다케는 견종이 달라서 그런지 달리는 모습도 상당히 다르다. 니코가 지면에서 살짝 떠서 일직선으로 날아오듯 달려오는 데 비해 다케는 말이 뜀박질 치듯 굽이굽이 물결치며 달려온다.

　다케는 오랫동안 달리지 않았다. 달리기는커녕 요새는 축구공으로 놀려고 해도 공을 따라 고개를 돌리지도 못했다. 돌부처처럼 멍하니 우리 모녀의 공놀이만 하염없이 바라보던 노쇠한 다케가 달리기를 몸소 시전했으니 어찌 놀랍지 않겠는가. 다시 회춘이라도 한 걸까. 그랬으면 얼마나 좋겠느냐마는.

　오늘은 차에서 내릴 때 몸을 기우뚱하면서 공중제비를 하듯 빌러덩 앞으로 굴러떨어졌다. 탈 때는 주저앉는 일이 간혹 있었어도 내릴 때는 아무 문제없던 다케였다. 하도 심하게 넘어져서 한동안

낑낑대며 꼼짝을 못했다. 발을 헛디뎌 앞으로 쿵 하고 꼴사납게
엎어졌을 때 다케의 표정을 보자 순간 구마모토 아버지의 표정이
오버랩 됐다.

다리 힘이 풀린 아버지도 맥없이 넘어지고 철퍼덕 주저앉을 때면
다케 같은 표정을 지었다. 아버지를 개에 비교하는 게 자식으로서
송구하기 그지없으나 실제로 둘은 신체 능력이나 노화한 정도가 꼭
닮았다. 다케가 지금껏 보인 몇 가지 조짐을 보면 아버지처럼
파킨슨병이 의심될 정도다.

지금까지 13년간, 하루에 몇 번이나 다케를 차에 태우고 산책을
하거나 아이들 학교로 마중을 가거나 쇼핑을 했다. 덕분에 차량
내부는 지린내가 진동하고 천 시트는 걸레처럼 너덜너덜해졌다.
여기저기 다케의 똥오줌 얼룩이 배고 털 뭉치가 마구 돌아다녔다.
개를 키우면 차는 가죽시트가 필수라고 외치던 친구의 말을 귓등으로
들은 나 자신이 원망스러울 따름이었다. 그렇다고 이제 와서
가죽시트 차로 바꿀 수도 없고 천 갈이라도 해야겠다고, 개 소굴로
전락한 내 차를 보면서 몇 번이고 다짐하곤 했다.

요즘 다케는 활짝 열린 차 문 앞에서 잠시 겁먹은 듯 얼음이
되었다가 도저히 자신이 없으면 한 발짝도 움직이지 않는다. 그래도
내가 옆에서 영차, 하고 추임새를 넣으면 기특하게 용기를 낸다. 대략
3회에 한 번은 실패하지만 반복하는 사이에 어찌어찌 올라간다.

운전하면서 개를 태운 차들을 종종 보는데 개들의 자세도
천차만별이다. 창밖으로 얼굴을 내밀고 무슨 맛인지 바람을 한껏
들이마시는 개, 뒷발만 남겨두고 온몸을 와락 창밖으로 내밀면서
자유를 만끽하는 개 등등. 일전에는 운전을 하며 가고 있는데 앞에서
가는 차 창문으로 개의 얼굴이 불쑥 튀어나왔다. 다음 순간 휙 얼굴이
들어가더니 반대편 창문으로 다시 휙 나왔다. 그러고는 0.1초도 안
돼서 다시 들어갔다가 반대편 창으로 다시 나왔다. 도대체 저 차
안에는 개가 몇 마리가 있나, 했는데 자세히 보니까 개는 단 한
마리였다. 뭘 잘못 먹었는지 엄청나게 흥분해서는 오른쪽에서 왼쪽,
왼쪽에서 오른쪽으로 길길이 미쳐 날뛰면서 양쪽 창문에 자기 얼굴을
부딪치는 자해를 거듭하는데 보는 사람마저 섬뜩한 광경이었다.

당연한 말이지만, 얌전하고 교양 넘치는 우리 개들은 그런 행패를
부리지 않는다. 큰 소리가 나는 경우는 니코가 위험을 감지해서
으르렁거릴 때뿐이다. 여기서 위험 대상은 산책 중인 개나 아기를
태운 유모차를 말한다.

내가 쇼핑을 할 때 개들은 차 안에서 기다린다. 다케는 묵묵히
기다리지만 심기가 잔뜩 불편해진 니코는 괜히 여기저기 시비를
건다. 때때로 가게 안까지 왕왕, 하고 하이 톤의 신경질적으로
짖어대는 소리가 들려오지만 경고음 장치가 고장 나서 삑삑 울려대는
차에 비하면 약과라 웬만하면 모른 척한다. 내가 차에 돌아오면

* 다케는 다혈질
53

젊잖게 기다린 보상으로
애견쿠키를 준다. 함께 차에서
내렸다 다시 차에 올라탈
때도 쿠키를 준다. 지금껏 13년간
그것을 지속해왔다.

그런데 요즘 들어 얌전하던
다케가 부쩍 다혈질로 변했다. 차에 타자마자 요란하게 짖어대면서
앞발을 운전석 팔걸이 위에 턱 하고 올려놓는다. '이것 봐, 주인양반!
뭐 하는 거야! 거북이처럼 느려 터져가지고! 빨리 빨리 움직여!'
하고 잔소리를 듣는 느낌이다. 시도 때도 없이 침을 질질 흘리는
바람에 차량 발 칸에는 흥건한 물웅덩이도 생겼다.

내가 쿠키를 꺼내 들면 성질이 급해진 다케는 허겁지겁 달려들어
내가 내민 손을 자기 쪽으로 확 잡아당긴다. 그러고는 아래턱을
떡하니 벌리고 송곳니를 드러내며 맹렬한 기세로 사자후를 토해낸다.
아무리 내 손으로 키운 개라지만 이럴 때는 상당히 위협적이다.
다케에게 물려서 피를 본 적도 몇 번 있었다. 그래서 나는 최대한
침착한 표정을 지으며 쿠키를 내밀고 "천천히"를 반복한다. 그러면
다케도 남아 있는 이성을 쥐어짜면서 천천히 쿠키에 입을 가져다
대며 입을 벌리고는 입술 한끝을 부들부들 떨면서 쏘옥, 쿠키를
받아먹으려 노력한다. 따뜻하고 부드러운 다케의 입술이…… 내

손가락을 감싸며…… 쿠키를…… 받아먹는다.

다케의 불같은 성미는 날이 갈수록 심해졌다. 툭하면 나에게 역성을 내고 크레이프 문을 열어주지 않으면 니코에게 화풀이를 했다. '뭐 하고 있어! 빨리 오란 말이야!' 하고 컹컹 짖어댄 뒤에 니코를 향해 갈기를 세우고 험상궂은 도깨비마냥 무시무시한 표정을 지었다. 불쌍한 니코는 영문도 모른 채 온몸을 사시나무 떨 듯 오들오들 떨었다.

아무 죄도 없이 다케의 다혈질 성미를 고스란히 받아줘야 하는 입장에서는 참으로 기가 막히고 코가 막힐 노릇이지만, 나는 이미 노쇠한 남편과 아버지를 통해 늙은이의 변덕과 짜증을 여러 번 경험한 터였다. 나이 앞에서는 개도 인간과 다를 바 없구나, 하고 생각하면 다케의 저런 모습도 짠하게 여겨지면서 하해와 같은 넓은 아량으로 감싸주고 싶어진다.

그런데 인간에 대해서는 선뜻 그럴 마음이 생기지 않는 건 왜일까. 내가 속 좁은 인간이기 때문일까, 아니면 다케에게 콩깍지가 씌었기 때문일까.

다케의 병

다케는 병원을 극도로 싫어한다.

수년간 단골로 다닌 동물병원의 수의사에게 이제는 좀 곰살맞게 굴 만도 하건만 다케는 여전히 소 닭 보듯 한다. 한 발짝 병원 안으로 들어가기만 해도 죽으러 가는 것마냥 벌벌 떨고 대기실에서는 안절부절못하다가 이름이 불리면 처연하기 짝이 없는 목소리로 흐느끼기 시작한다. 치료실로 들어갈 때는 그야말로 최선을 다해 반항한다. 병원 입구에서부터 진료실에 들어서기까지 다케의 한바탕 난리 블루스는 시간이 지나도 조금도 나아지는 법이 없다.

예전에 다케 귀에서 고름이 나와 한나절 입원한 적이 있다. 나와 떨어질 때, 다케는 울고불고 아주 발악을 해댔는데 인간의 아이도 자기 엄마와 떨어진다고 다케만큼 대성통곡하지는 않을 것 같았다. 다케는 미친 듯이 발버둥을 치다가 결국은 입원실에 질질 끌려가는 것으로 사태가 진정되었다.

몇 시간 뒤에 다케를 데리러 갔다. 대기실에는 의자와 조그만 테이블, 그리고 접수 카운터가 있었는데, 입원실 문 저편에서 나를 확인한 다케는 리드 줄을 쥔 직원을 있는 힘껏 밀치고는 의자며 테이블, 카운터까지 단번에 뛰어넘어 나에게 안기는 실로 감동적인

장년을 인출했다. 누가 보면 몇 년 만의 상봉인가 싶을 만치
유난스러워 직원들 보기에 꽤나 민망했지만 이토록 나를 반기는
다케의 모습에 코끝이 찡해졌다.

지병인 귀 고름 말고는 무척 건강했던 다케가 2년 전 원인 불명의
큰 병을 앓은 적이 있다. 쥐약을 먹었는지 거미에게 물렸는지 도무지
알 수가 없었다. 공교롭게도 당시 나는 일본에 머무르던 중이었고
다케는 자신의 엄마견이 사는 내 친구의 집(그러니까 다케의 친정집)에
맡겨진 상태였다. 서로의 사정을 잘 알고 지내던 사이라 마음 편히
다케를 맡겼는데 어느 날인가 사라코에게 연락이 왔다. 다케가 갑자기
몸 상태가 나빠져서 급하게 동물병원에 갔다고 했다. 친구에게 연락을
받고 즉시 나에게 전화를 건 사라코의 목소리에는 두려움이 가득했다.

다케의 치료비가 일본 돈으로 70만 엔(약 650만 원)이 나왔다는
이야길 전해 듣고 나도 모르게 한숨을 내쉬었다. 친구는 자신에게도
일말의 책임이 있다며 절반을 부담해주었는데, 그럼에도 35만 엔은
나에게 꽤나 부담스러운 비용이었다.

사라코는 당시의 일로 적잖은 공포를 경험한 모양이었다.
병원(긴급 상황이라 단골 병원이 아니라 24시간 진료하는 병원을
찾았다)에서 사라코의 휴대폰으로 잇달아 전화를 걸어와서
"이러이러한 치료를 해야 합니다. 대략 이 정도 가격이 들 텐데
가능하십니까?" 하고 지극히 사무적으로 질문했다고 한다. '노' 라는

대답은 다케의 죽음을 뜻했다. 생사를 가르는 결단을 열세 살 때부터 줄곧 다케를 보살펴온 사라코에게 지우기에는 너무도 가혹했다. 내가 옆에 있었다면, 하고 생각하지 않은 것도 아니다. 나라면 어땠을까. 이제 그만하자, 하고 결단을 내렸을지도 모른다.

어쨌거나 다케는 퇴원했다. 내가 집에 돌아왔을 때는 완전히 기력을 회복한 뒤였다. 그전보다 늙었지만 축구도 하고 차를 타고 공원에도 갔다. 이 모습을 보니 더욱더 고민이 깊어졌다. 대체 어느 지점에서 다케의 생사를 결단해야 하는가.

'노'라고 말한다면 수의사도 십분 이해해주리라. 그러나 그 말을 입 밖에 내기가 왜 이리 어려운지. 미국인은 일본인에 비해 신속하게 자신들이 키우는 개의 안락사를 결단한다. 구체적으로 통계를 내보진 않았으나 주변 사람들만 봐도 대부분 그랬다. 미국인이 비정해서가 아니다. 그들 역시 개가 늙고 병들어가는 모습을 인간의 그것처럼 진지하게 받아들이고 조금이라도 삶을 연장시켜주려 노력한다. 다만, 사랑하는 개가 커다란 고통을 느끼고 힘들어하기 전에 결단을 내리는 게 모두를 위한 길이라고 생각하는 것이다.

다케의 병원행을 계기로, 사라코와 나는 이와 관련해 얘기를 나누었다. 이 주제는 다케가 죽기 전까지 끊임없이 되풀이될 것이다. 결론은 이랬다. 다음에 이런 일이 생긴다면 치료는 하지 않는다. 이미 충분히 살 만큼 살았다. 다케의 생로병사는 물 흐르는 대로 따르자.

개시 닝 흥 (띠고필기키아) 예방약이라는 게 있다. 개들은 매달 그 약을 복용해야 한다. 비용이 제법 나간다. 6개월분이 일본에서는 1만 엔(약 9만 원) 전후, 캘리포니아에서도 그 정도다. 지금까지 다케는 13년간 한 번도 빠짐없이 그 약을 복용했다. 그러다 몇 개월 전, 나는 다케에게 최후의 한 알을 먹였다. 그 이후로 나는 약을 보충하지 않았다. 다케는 늙었다. 앞으로 개사상충에 감염되더라도 그 병으로 죽기보다 늙어서 죽는 게 더 빠르다. 내가 약 보충을 중단한 이유다.

얼마 전에는 니코의 개사상충 약이 똑 떨어져서 동물병원에 달려갔는데 나도 모르게 다케 약을 사려고 했다. (건망증이 심해졌다고 다케를 구박할 형편이 아니다) 직원이 나를 빤히 쳐다보았다.

"다케는 사상충 약을 끊은 지 몇 개월이 지났으므로 판매할 수 없습니다."

만일 약을 끊은 사이에 다케가 사상충에 감염되었다면, 지금 약을 다시 먹이면 심장에 기생할지도 모르는 사상충이 죽어서 그 사체가 혈관에 들러붙어 심장 박동을 멈춰버릴 우려가 있다고 했다.

그런 이야기를 접수처에서 직원과 나누고 있는데, 몹시 쇠약해 보이는 노견 한 마리가 진료실에서 느린 걸음으로 나왔다. 16세라고 했다. 사람 나이로 치면 무려 117세. 범상치 않은 마녀 할머니 같은 개는 노견용 가슴줄을 차고 70세쯤으로 보이는 견주에 의지하며 간신히 발걸음을 떼고 있었다. 전신마비를 하고 이빨 스케일링을 했다고 했다. 그러고 보니 니코도 스케일링을 권유받은 적이 있었다.

니코 역시 병원 이력이 다케 만만찮다.

강아지 때 설사를 심하게 해 황급히 병원에 데리고 갔더니, 중한 질병이 의심된다며 몇 가지 검사를 실시했다. 비용은 10만 엔(약 90만 원)이 넘었다. 결국 별일 아니었다. 얼마 뒤에는 중성화수술을 하기 전 혈액 검사를 하다 이상이 발견되어 큰 병원으로 우송되었다. 다시 검사를 실시하고 10만 엔이 깨졌다. 이것도 결국 별일 아니었다. 얼마 뒤에는 벌에 쏘여서 입원 치료를 받아 또 수만 엔. 화룡점정은 집 앞에서 차에 치여 치료를 받고 무사히 생환한 일이었는데, 당시 받은 청구서는 20만 엔(약 180만 원)이었다.

잠시 동안 니코는 목 주변에 우아한 중세 귀족 같기도 한, 목도리도마뱀 같기도 한 엘리자베스 컬러(동물들이 상처를 핥거나 긁는 것을 막기 위해 머리에 씌우는 치료용 캡)를 쓰고 지냈다. 산책이 엄격히 금지된 까닭에 나는 에코백에 니코를 넣어 어깨에 걸치고 다녔다. 처음에는 얌전히 있었지만 상태가 호전됨에 따라 답답한지 가방 속에서 조그만 발을 움직이며 버둥거렸다. 마치 아기를 품은 산모가 느끼는 태동 같았다.

전신마취를 하고 실시하는 스케일링은 4만 엔(약 37만 원)이 든다고 했다. 큰맘 먹고 비싼 옷 한 벌 사는 정도의 비용이다. 개의 건강과 좋은 옷, 어느 쪽이 중요한가 묻는다면 당연히 전자다.

그럼에도 개의 스케일링에 4만 엔을 쓰자니 불필요한 지출이라는
생각을 지울 수가 없다. 병원에서는 니코의 입 냄새가 하도 고약해서
스케일링을 권했지만, 이는 하루 이틀 일이 아니다. 솔직히
털어놓자면, 생후 3개월에 우리 집에 온 뒤부터 계속 고약하다.
안아주면 자꾸 무시무시한 냄새를 풍기는 입으로 사람의 입 주변을
빨아대는 통에 "입은 안 돼!"라는 명령이 자동적으로 가족들 입에서
발사된다. 니코용 칫솔을 사긴 했지만 제대로 쓴 적은 한 번도 없다.
양치질을 안 하는 건 다케도 마찬가지다. 그런 연유로 4만 엔짜리
스케일링은 이날 이때껏 한 번도 한 적이 없다.

　병원에서는 다케에게 코르티손 주사를 권하기도 했다. 관절염이
있는 남편이 종종 맞는 주사다. 이 주사를 맞으면 여기저기 통증을
완화시켜 노견의 삶이 한결 편안해진다는 말을 듣고 혹해서 가격을
물었더니, 일본 돈으로 대략 5천 엔(약 4만5천 원)이었다. 그 정도라면
해볼 만하다고 생각해 승낙했다. 결과는…… 나도 잘 모르겠다.
한눈에 보기에 눈에 띄게 달라지지 않은 것만은 사실이다. 나는 요즘
부쩍 과도하게 부담스러워진 애견 의료비에 진절머리를 내고 있다.
돈과 개에 대한 마음을 저울질하며 지지리 궁상으로 변해가는 내
모습에도.

　어머니 생각을 해본다.

　인간이었다. 주치의 눈앞에서 팔다리가 마비되기 시작했다. 즉각

병원에 입원했고 그 상태로 5년을 지내다 눈을 감았다. 간병은
정성이 가득하고 인간적이었다. 그러나 팔다리가 마비된 채 보낸
5년은 얼마나 길고 또 길었던가.

아버지 생각을 해본다.

역시 인간이다. 기본적으로 파킨슨병을 앓고 있다. 종종 위암과
뇌경색도 찾아오고 척추도 안 좋다. 매일 한 움큼의 약을 입 안에
털어놓고 혈류 흐름과 고혈압, 심장박동 따위를 꼼꼼하게 조절하면서
하루하루를 연명 중이다. 그런데 아무리 애써도 조절할 수 없는 게
있다. 바로 지독한 고독감, 무료함, 적막감, 그리고 죽음에 대한
생각이다. 안부전화를 걸면 "사는 게 지루해 죽겠다. 차라리
죽어버리는 게 낫겠다 싶지만 내 손으로 목숨을 끊을 수도
없고……"라며 투덜거린다.

그런데 이런 경우, 개에게는 인간에게 없는 선택권이 있다. 바로
안락사다.

가족 모두 늙어가는 다케를 지켜보고 있다. 소홀하다거나
매정하게 대한 적은 없다. 매일 먹을거리를 주고 따듯한 침상을
준비하고 배설을 처리하고 산책에 데려가는 등 노견의 수명을 충분히
누리게 해준다. 그러나 더 이상 개사상충 약은 먹이지 않는다.
정기검진도 데려가지 않는다.

얼마 전 다케의 등에 커다란 혹이 생겼다. 병원에서 진찰을 받으면

무조건 검사를 해보자고 할 게 분명하다. 양성이면 수술로
떼어내거나 그대로 놔두면서 상태를 지켜보고, 악성이면 죽는 것을
지켜볼 것이다. 혹은 통증을 느끼기 전에 안락사시키거나. 하지만
우리는 아무것도 하지 않는다. 혹이 있으면 있는 채로 평소와 다름없이
살아갈 뿐.

　다케가 더욱 나이가 들어 고통을 견디지 못하게 되는 날이 온다면,
나는 안락사를 선택할 것이다. 단골 병원의 수의사에게 마지막
의식을 부탁하리라. 하지만 병원을 그토록 무서워하고 싫어하는
다케가 울고 저항하면서 마지막 숨을 거둔다고 생각하면, 이내
가슴이 먹먹해진다. 개를 키우는 친구 말에 의하면 왕진 전문
수의사가 있는데 집에 와서 안락사를 시켜준단다. 대형견은 움직이는
것조차 힘드니까. 정든 집에서 안락사를 시킨다면 다케가 좀 더
편안하게 눈을 감을 수 있을까. 역시나 가슴이 먹먹해진다. 낯선
사람의 손에 다케가 죽음을 맞이한다고 생각하면…….

Chapter 2

똥 이야기

걷지 않으면 근육이 약해진다는 사실은 인간이나 개나 매한가지다.
햇빛이 가득 비추는 곳에서 조금이라도 다케를 걷게 해주고 싶었다.
나는 마치 《헨젤과 그레텔》에 나오는 과자집으로 이끄는 이정표처럼
쿠키를 조금씩 주면서 걸음을 재촉했다.

다케의
보금자리

다케가 자고 있다. 하루 대부분을 시체처럼 드러누워 잠에 빠져
지낸다. 보고 있으면 혹시 죽은 건 아닌지 불안해진다. 몸의 움직임도
눈에 띄게 줄어들고 표정도 빈약해졌다.

그래도 식탐만은 여전하다. 불쑥 부엌에 들어와 어슬렁거리기에
"다케, 배고프니? 뭐 줄까?" 하고 말을 건네면 흐리멍덩한 눈빛으로
멍하니 서 있다. 무얼 먹고 싶은지, 아니 출출하긴 한 건지조차 잘
모르겠다는 표정으로 그저 멀뚱히 나를 바라본다. 이것이 한 달 전
다케의 상태였다.

그리고 한 달이 지난 지금, 다케는 다소나마 원기를 회복했다.
아마도 잠자리가 바뀐 덕분이리라.

앞서 설명했다시피 나는 종종 집을 비운다. 원래 다케는 복도
막다른 곳에서 잠을 잤다. 몇 년 동안 그곳이 다케의 지정석이었다.
오른쪽으로는 남편의 작업실이, 왼쪽으로는 내 작업실과 사라코의
방이 이어지는 이른바 교통의 요지. 남편은 자기 방에 들락거릴
때마다 "이놈아!" 하며 다케를 툭툭 쓰다듬었다. 그런데 남편이 내
방에 들어오려고 할 때마다 다케가 이빨을 잔뜩 곧추세우고
으르렁거리며 길을 가로막는 바람에 "야, 이놈아!"라는 다소나마

애정이 섞여 있던 인사말은 "이 돼먹지 못한 놈!"이라는 짜증 섞인
악담으로 변했다.

　가끔은 "히힝 히힝" 하는 벌레가 우는 듯한 소리도 들려왔는데,
주인공은 다름 아닌 니코였다. 내 방에 들어오고는 싶은데 교통의
요지에 떡하니 자리를 잡은 다케가 무서워서 엄두를 못 내는
것이었다. 니코는 내 방을 하염없이 바라보며 다리를 가지런히
모으고 앉아 구슬프게 흐느끼면서 '엄마, 날 안아서 데려가요'라고
읍소작전을 펼쳤다. 이렇듯 2층 복도에서는 서열 관계에 따라 종종
살벌한 눈치작전과 무시무시한 기싸움이 연출되곤 했다.

　얼마 전 한 달가량 집을 비웠다가 돌아왔다. 니코는 나를 보자 늘
그렇듯 미친 듯이 꼬리를 흔들며 반갑게 맞이했다. 삐짱은 새장
안에서 목이 찢어져라 높고 날카로운 소리를 질러댔다. 집 안의
동물들이 경쟁이라도 하듯 나를 향해 열렬한 환영 세리머니를 펼치고
있는데 다케의 모습이 보이지 않았다. 13년을 함께 살아오면서
마중을 나오지 않은 건 이번이 처음이었다. 불현듯 어두운 예감이
스쳤다. (예감이 적중했다면 이 책은 이 장에서 싱겁게 끝나버렸으리라)

　다케는 내 방에 심드렁하게 앉아 있었다. 그저 마중 나오기가
귀찮았을 뿐이었다. 내 모습이 보이든 말든, 아니 시력이 있기는 한
건지도 의심스러우니 냄새를 맡았다고 해야 정확한 표현일지
모르겠다. 내가 방에 들어가자 다케는 그제야 부스스 고개를 들고

굼뜨게 몸을 일으켜 다가왔다. 감정이라곤 전혀 느껴지지 않는
얼굴로.

'그래, 이렇게라도 살아 있어줘서 다행이다.'

나는 이참에 복도에 있던 다케의 침대를 내 방 안으로 들여놓았다.
다케는 내가 하는 모양을 무심히 바라보고 있다가 침대로 가서 벌렁
누웠다. 그 이후로 다케는 내 방에서 하루 종일 시체놀이를 하며
지낸다. 내가 잠을 자러 작업실을 나간 뒤에도 아침까지 죽 거기에
있다.

난감해진 것은 니코였다.

원래 니코의 보금자리는 내 작업실에 있다. 당장 무너질 듯이
마구잡이로 쌓아 올린 책 더미 뒤쪽에 놓인 방석이 그것인데,
알다시피 니코는 다케가 짖는 소리만 들어도 오금을 저리는 겁보다.
다케가 복도 끝에 있을 때도 무서워서 감히 내 방에 들어오지도
못했는데 다케가 아예 방 안에 들어앉아버렸으니 니코 입장에서는
하늘이 무너지는 비보가 아닐 수 없었다.

"히히힝, 히히히힝!"

니코의 울음소리는 갈수록 처연함을 더해갔다. 구슬픈 가락이
어찌나 심금을 울리던지 짠한 마음에 니코를 데리러 갔더니
"다다다다다" 하는 소리가 들렸다. 앵무새 삐짱이었다. 그래그래, 너도
데려가야지.

이리하여 내 작업실에는 네 식구가 옹기종기 모여들었다. 내가
일어서면 니코도 일어선다. 밖으로 나가면 니코도 따라 나온다. 나는
좀처럼 진득하게 앉아 일하는 스타일이 아니다. 수시로 방을
들락거린다. 덩달아 니코도 바빠진다. 화장실과 부엌, 우편함에서도
마찬가지다. 니코는 자신에게 주어진 막중한 임무라도 되는 양 시도
때도 없이 나에게 엉겨 붙는다.

내 작업실에는 따뜻하고 폭신폭신한 니코의 방석이 있지만,
이곳으로 향하는 여정이 참으로 험난하기 그지없다. 다케라는 거대한
장애물을 넘어야 하는 까닭이다. 잔뜩 겁을 집어먹은 니코는 오도
가도 못하고 "히히힝, 히히힝" 하고 처량맞게 울어제낀다. 아무리
반복해도 이 상황은 익숙해지지 않는 모양이다. 이 역시 니코의
왕성한 호기심이나 영민한 학습 능력으로도 어찌할 수 없는 개의
마음이 작동한 것일까.

다케도 어릴 땐 사라코 뒤를 졸졸 따라다녔다. 눈을 감고 있어도
사라코가 움직이면 귀신같이 따라 움직였다. 사라코와 다케는 실과
바늘처럼 붙어 다녔다. 나와 니코가 그렇듯이. 그랬던 다케가
사라코의 독립 이후로는 내 뒤를 졸졸 따라다니기 시작했다.

자, 문제는 내 방이다.

무너질 듯 아슬아슬하게 산더미를 이룬 책들과 물건 위에
아무렇게나 널브러진 수많은 옷가지 및 여행 가방으로 인해 안

그래도 코딱지만 한 작업실은 원래보다 니 심난한 상태를 연출하고
있었다. 그나마 바닥에만은 물건을 놓지 말자 다짐한 터였는데,
삐짱이 여기저기 똥을 싸고 다니기 때문이었다. 여기에 새로 자리를
잡은 다케를 위해 바닥에 다케 침대를 두고 안쪽에는 니코의 방석 세
장을 두었다. 니코는 그중 마음이 내키는 곳을 선택해 자리를 잡았다.
비좁기 그지없는 내 방에 방석 하나면 충분하지 싶지만, 늘 다케에게
찍소리 못하고 주눅 들어 사는 니코를 생각하면 좋아하는 방석이나마
한두 개 더 놓아주는 게 큰 대수랴 싶었다.

　아차, 그러고 보니 삐짱의 소개를 깜박했다.

　삐짱은 내가 키우는 앵무새다. 그전에 처음으로 키웠던 새는 왕관
앵무새과였는데 꽤 까칠한 친구였다. 하지만 날카롭게 쪼아대며
앙탈을 부리다가도 이내 언제 그랬냐는 듯 다가와 머리를 숙이고
비비적거리는 모습이 나름 깜찍했다. 그러던 어느 날, 컵 속에
담긴 물에 쏙 빠지는 바람에 허망하게 죽고 말았다.

　그 뒤로 키우게 된 삐짱은 그린칙 코뉴어
앵무새과로 빨간색과 파란색, 녹색이
적절히 뒤섞여 무척
예쁘장하고
앙증맞다.
눈망울이

초롱초롱하고 왕관 앵무새보다 똑똑한데 성질이 사납고
주둥이도 아주 날카롭다. 까딱 잘못하면 펀치로 뚫은
것마냥 피부에 구멍이 뚫리는 참혹한 사태가 연출되기도 하는데 그
고통은 가히 상상을 초월한다. 눈물이 줄줄 흐르면서 분노로 몸이
부르르 떨릴 정도다. 내가 저런 걸 왜 키워가지고, 하면서 깊은
자괴감에 빠지다가도 앙증맞은 모습을 보면 또 기분이 풀려서는 이게
내 팔자려니 한다. 괜히 성질 잘못 건드렸다간 내 손이나 팔이
남아나질 않겠다 싶어 하는 수 없이 낮에는 내 방에서 놀게 해준다.

삐짱은 똥이 마려우면 내 머리나 내가 앉은 의자, 혹 그때 자기가
앉고 있던 곳의 가장자리까지 걸어와서 엉덩이를 쳐들고 일을
치른다. 장소 불문하고 지 맘 내키는 대로 똥을 싸지르고 다녔던 예전
앵무새에 비하면 그나마 양반이기에 나는 묵묵히 상반신을 수건으로
감싸고 불의의 똥 세례에 대비한다.

집 안에 서식하는 모든 동물이 내 방에 집결하자, 얼마 안 가 내
차에서나 날 법한 구린내가 방에서 스멀스멀 올라오기 시작했다.
의외로 앵무새 체취가 상당히 고약했다. 왕관 앵무새는 훨씬
심했었다. 그러한 체취가 앵무새의 매력 중 하나라나 뭐라나. 여기에
다케의 냄새도 한몫 거들었다. 니코의 냄새는 다케에 비하면
향기로운 편이었으니 예외로 하고. 알레르기 체질인 다케는 종종
꼬리가 가렵다며 꼬리 끝을 물고 빨고 했는데 그 때문에 피부에

상처가 나서 투명한 진물이 찔끔찔끔 흘러나왔다. 그런데 여기서
참을 수 없을 만치 비릿한 냄새가 났다. 여기다 다케와 니코가 수시로
똥오줌을 투척하니 갈수록 점입가경. 이러니 어찌 내 방이 개판이
되지 않고 배기겠는가.

그나마 다행인 점은 내 방에서 자게 된 뒤부터 다케가 조금씩
기력을 회복했다는 사실이다. 일을 하면서 간간이 다케를
내려다보면, 죽은 듯 고요한 몸뚱어리에서 배만 실룩거린다. 다케가
복도에서 잘 때는, 멀리서 종종 살펴봤는데 도무지 살아 있는 것
같지가 않아 몇 번이고 숨을 쉬는지 확인하고 돌아오곤 했다. 그때
다케는 죽은 듯이 눈을 감고 있다가도 내 손이 닿으면 흠칫 놀라
움찔했다. 어떨 땐 너무 놀라서 내 손을 덥석 물어버린 적도 있다.
나는 그런 다케를 보면서 절반은 이승에, 절반은 저승에 머무르고
있는 모습이라고 생각했다.

지금은 다케의 얼굴을 봐도 그전처럼 가슴이 철렁하지 않다. 지금
다케가 내 방에서 자고 있다. 나는 쭈그리고 앉아서 숙면 중인
다케에게 얼굴을 가까이 대 본다. 다케가 스르르 실눈을 뜨고 나를
바라본다. 한동안 저승에 머물러 있던 다케의 절반이 다시 이승으로
돌아온 모양이다.

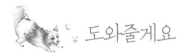 # 도와줄게요

내 방에 세 들어온 뒤로 다케는 확연히 상태가 좋아졌다. 내가
수시로 문지방을 들락거리면 열에 한 번은 몸을 일으켜서 내 뒤를
따라올 정도가 되었다. 내가 의자에서 일어나는 때가 아침 혹은
저녁나절이면 산책이라도 나가나 싶어 사뭇 기대감을 드러낸다.
산책이라면 사족을 못 쓰고 천방지축으로 설치던 어린 시절에 비하면
약과지만 그럼에도 여전히 다케는 설레어한다. 졸졸 뒤를 따라오면서
내 일거수일투족에 보내는 기대감 부푼 시선. 예전에는 귀찮기만
하던 모습들이 이토록 감개무량할 줄이야. 다케와 산책을 나가는 내
발걸음마저 가벼워진다.

다케의 상태가 좋아질수록 내 방은 목불인견의 난장판이
되어갔다. 나를 제외한 나머지 룸메이트들이 싸지른 똥오줌과
무시무시한 기세로 불어나는 책 때문이었다. 살아 있는 생명체보다
그나마 무생물이 통제가
수월하리라 싶어 책을 먼저
정리하기로 마음먹고 책장
세트를 구입했다.

얼마 뒤 배달된 책장 세트는
생각보다 거대하고 무거웠다. 온가족이

달려들어 내 방으로 옮기는
작업이 시작되자,
다케가 어슬렁거리며
주변을 얼쩡거렸다. "다케
너도 도우려고?", "다케, 방해되니까 저리 가", "좀
비키라니까!" 등등 짜증 섞인 잔소리에도 아랑곳없이 태평한
표정으로 주위를 맴돌았다.

그랬다. 다케는 어릴 적부터 뭐든지 옆에서 도와주려고 했다.

우리가 무언가를 옮기거나 만들고 있으면 사사건건 참견하며
부산을 떨었고, 우리가 움직이면 다케도 먼지를 뒤집어쓰고 주위를
이리저리 얼씬거렸다. 그러다 보니 우리가 가는 방향으로 달려가며
촐싹대다가 괜히 방해만 되어 번번이 꾸지람을 듣곤 했는데,
그럼에도 굴하지 않고 어떻게든 우리를 돕고 싶어서 동분서주했다.

도메가 한창 책장 세트를 조립하느라 정신이 팔려 있는 차에,
이번에는 니코가 꼬리를 흔들며 다가왔다. 니코는 다케에 비하면
섬세하고 집요한 구석이 있다. 도메에게 찰싹 들러붙어 손놀림을
유심히 지켜보고 조금이라도 방향을 바꾸면 그쪽으로 쪼르르
달려가서 조립하는 선반 위에 똬리를 틀고 앉는다. 이럴 때 보면 꼭
고양이 같다.

아닌 게 아니라 파피용이라는 견종은 고양이와 흡사한 구석이

많다. 어릴 적에는 고양이처럼 얼굴을 씻었다. 무서운 식성을
자랑하는 다케와 달리 입이 짧고 호불호가 명확해서 먹기 싫은 건
죽어도 입에 대지 않았고 먹어도 조금만 깨작거리고 절반 이상을
남기는 경우가 허다했다. 애견 관련 서적에는 파피용이 쥐잡기가
능숙하다고 나와 있어서 큰 기대를 걸었건만 지금껏 쥐새끼 한
마리도 잡은 적이 없다. 일본견을 대표하는 재패니스 친은
다다미(일본의 전통 주택에서 바닥재로 사용하는 돗자리) 생활도
문제없고 무척 의젓하다고 하는데 파피용을 기르는 견주 입장에서
보면 재패니스 친이 먼 조카뻘처럼 친근하게 느껴진다. (DNA로 봤을
때 파피용과 재패니스 친이 어떤 관계가 있는지는 모르겠지만) 그런데 이
재패니스 친이야말로 개와 고양이의 중간 지점에 위치한다고 한다.
재패니스 친의 한자는 '狆' 로, 고양이를 뜻하는 왼편 부수와
가운데를 뜻하는 오른쪽 부수로 이루어져 있으니 과연 그럴듯하다.

　　우여곡절 끝에 책장이 완성되었다. 그러나 책장을 방 안에
넣으려면 일단 물건들을 전부 밖으로 빼내어야 했다. 이것저것
옮기고 버리고 하느라 방 안의 물건을 반시계 방향으로 하나씩
이동시켜가며 간신히 빈 공간을 만들었다. 갖가지 덜컹거리는 소리가
들려오고 위에서 무언가 떨어지는 소리도 들렸다.
그럴 때마다 "꺄악!", "이게 뭐야!" 하고 외마디
비명 소리가 들리면서 한바탕 난리가 났다.

요란한 난리법석 속에서도 다케는 잠 삼매경에 빠져 있다.
여기저기 기웃거리며 참견하는 일은 일찌감치 그만두고 평소대로
침대에 들어가 늘어지게 꿀잠을 자는 중이다. 초반에 몇 번의
움직임으로 쉬 피로해졌을지도 모르고 우리를 전폭적으로 신뢰한
나머지 신경을 딱 끊어버렸을지도 모른다. 어찌 됐든 시장통을
방불케 하는 와자지껄한 소동 속에서도 꿋꿋이 숙면을 취하다니 실로
대단한 내공이 아닐 수 없다.

그게 아니라면 혹시 귀도 멀고 인지능력도 쇠퇴해 아무런
호기심이나 위험도 느끼지 못하게 된 건 아닐까. 몸의 노화가
마음까지 야금야금 잠식해서 만사 될 대로 되라는 식이 되어버린 건
아닐까. ……그런 걸까.

밥과 산책

　예전부터 다짐했었다. 나중에 개를 두 마리 키우게 되면 한 마리는
'밥', 다른 한 마리는 '산책'이라고 이름 짓겠다고.

　개 두 마리를 키운다는 꿈은 이루어졌지만 세상 일이 내 마음대로
되지는 않는 법이다. 이름에 대한 오랜 열망은 다케 앞에서 맥없이
무너졌다. 다케 앞에서는 밥이고 산책이고 입도 뻥끗하지 못하는
사태가 발생한 것이다. 영어로 해도 마찬가지. 혹 알아듣기라도 하면
끝장이었다. 밥이나 산책의 뜻을 알아듣는 순간, 구체적인 욕망이
강렬하게 들끓어 올라 단숨에 다케의 이성을 마비시켰다. 다케는
그야말로 죽기 살기로 설쳐댔다. 무언가에 부딪히고 뛰어넘고 꼬리로
화분을 넘어뜨리고 당시 꼬마였던 도메를 들이받는 등 집 안을
순식간에 아비규환의 도가니로 몰아넣었다. 밥, 산책, 푸드, 워크, 그
어떤 말에도 다케는 길길이 날뛰었는데, 목소리를 최대한 낮추어
말해도 헛수고였다.

　니코도 '산책'이라는 말을 알아들으면 잔뜩 흥분해 어쩔 줄을
몰라 했다. (니코는 원체 소식에다 편식이 심하므로
'밥'에는 별 반응을 보이지 않는다) 내
다리에 엉겨 붙고 깡충깡충
뛰어다니며 촐싹대느라 리드

줄을 채우기도 힘들 지경이었나. 그 모습을 본 다케가 험상궂은 표정을 지으면서 '얌전히 있지 못해!' 하고 매섭게 일갈하며 물려는 시늉을 하면, 니코는 더욱 겁에 질려 안절부절못하는 탓에 리드 줄을 채우기가 배는 힘들었다.

그런 연유로, 우리 집에서 '산책'이라는 말은 일절 금기시되었다. 그렇다고 개와 함께 생활하면서 그 얘기를 안 할 수도 없는 노릇이므로 '음'이라거나 '그것'으로 바꾸었다. 음…… 하러 가자, 그거 시켜야지 등등.

위기를 한 고비 넘겼다 싶었는데 산 넘어 산이었다. 이번에는 다케가 '가자', '렛츠 고'에도 불같은 반응을 보이기 시작한 것. 자랑해 마지않던 다케의 탁월한 지능이 이런 곳에서 문제를 일으킬 줄이야. 이후 우리 집에서는 산책에 관련된 그 어떤 말도 쓸 수가 없게 되었다.

일단 산책을 하기 위해 차에 태우면, 목적지에 도착하기까지 다케는 고함인지 비명인지 알기 힘든 다급한 소리를 질러댔다. 운전석과 조수석 사이에 얼굴을 쑥 내밀고는 내 귓가에 대고 그런 소리를 내니 귀가 멀어버릴 지경이었다. 다케의 침은 내 어깨에 줄줄 흘러내렸고 니코마저 덩달아 흥분하는 바람에 거친 숨소리의 이중주로 정신이 아득해졌다.

이러한 다케의 모습은 어릴 적과 별반 다를 바가 없었다. 바로

코앞에 있는 공원까지 차로 데리고 가야 한다는 사실만 빼고는. 몸은
마음을 따라주지 못해도 여전히 축구를 하는 것만으로도 다케는 뛸
듯이 기뻐했다.

그런데 시간이 지나면서 다케는 급속도로 노쇠해져 갔고 이제
축구는 고사하고 차에서 내릴 적마다 앞으로 나자빠졌다. 그럴
때마다 풀이 죽어 의기소침해지는 다케의 모습이 불쌍해서 그 뒤로는
차 타기를 관두고 가까운 거리만 산책하기로 했다. 그러나 다케를
위한답시고 내린 결정이 실은 다케에게서 산책의 즐거움을 빼앗은
격이 되어버리고 말았다. 다케가 산책에 대한 흥미를 잃어버린
것이다.

걷지 않으면 근육이 약해진다는 사실은 인간이나 개나
매한가지다. 나는 노견이 된 다케의 건강을 위해 애견쿠키로 살살
유혹하면서 집 밖으로 유인했다. 이제 다케는 리드 줄을 매지 않는다.
묶으면 집을 나오는 순간 꼼짝도 하지 않기 때문이다. 그러나 큰
문제는 없었다. 구태여 리드 줄을 매지 않아도, 내가 앞서 저만치
가버리면 어쩔 수 없다는 듯 한숨을 쉬면서 따라오는 다케였다.
이것도 역시 개의 마음이 작동한 것이겠지만.

햇빛이 가득 비추는 곳에서 조금이라도 다케를 걷게 해주고
싶었다. 나는 마치 《헨젤과 그레텔》에 나오는 과자집으로 이끄는
이정표처럼 쿠키를 조금씩 주면서 걸음을 재촉했다. 근처에서 분양을

앞둔 주택의 지반공사가 한창이었다. 일하던 인부들이 우리를
바라보며 "저놈은 뇌물을 안 먹이면 한 발짝도 못 걷나 보네" 하며
픽픽 웃어댔다. 마초 기질이 다분한 미국 남성은 자기 같은 개를
좋아한다. 왕년에는 꽤나 미인이었을 테지만 지금은 늙어빠진 할망구
개가 그들 눈에는 얼마나 가소롭게 보였을지 안 봐도 뻔했다.

다케는 오로지 쿠키 하나만 주시하면서 힘겹게 발걸음을 옮겼다.
노인 재활훈련소에서나 볼 법한 풍경이었다. 때때로 철퍼덕 주저앉아
'아이고, 더는 못하겠다!' 하며 처량맞은 얼굴로 나를 올려다보았다.
아버지가 그런 표정을 짓는 것을 몇 번이고 본 적이 있다. 순간
소름이 끼쳤다. 개가 그토록 인간다운 행동을 보이다니.

똥을 질질 흘리면서 걷는 것도 아버지랑 똑같았다. 아버지는
전화로 종종 "항문 괄약근이 흐물흐물해져서 힘을 주지도 않았는데
쑥 나와버리는 걸 어쩌냐!" 하고 하소연했다. 다케도 말을 할 줄
안다면 나에게 그렇게 말했겠지. 아버지는 노인용 기저귀를 차고
스스로 처리하지만 다케는 내가 처리해준다. 게다가 다케의 똥은
무척 작아서 잠시 한눈이라도 팔고 있으면 길가에서 놓쳐버리는 적도
왕왕 있었다.

일전에도 무심코 뒤를 돌아보니, 오던 길에 다케의
보폭 간격으로 조약돌 같은 동글동글한 똥들이 줄줄이
떨어져 있었다. 당황해서 돌아왔더니 신선한 똥 옆으로

차에 밟혀 짓눌린 마른 똥이 다케의 보폭 간격으로 띄엄띄엄 떨어져

있는 게 보였다. 어라? 이건 뭐지? 알고 보니 전날 다케가 흘린

똥이었다. 하는 수 없었다. 둘 다 처리할 수밖에.

　나는 비닐봉지를 끼고 쭈그리고 앉아 손톱으로 똥을 하나씩

긁어내기 시작했다. 그러던 중 비닐이 죽 찢어졌다. 뭐, 크게 놀랄

일도 아니었다. 곧잘 있는 일이니까. 똥이라 생각하면 더럽지만

다케의 것이라 생각하면 꼭 그렇지만도 않았다. 나는 '이것이 바로

부모의 마음인가?' 라고 생각하며 속으로 픽 웃었다.

딱
거기까지

애견용 간이계단을 샀다. 차에 올라탈 때 다케의 고생을 덜어주기
위해서였다. 전부터 필요성은 절감하고 있었으나 대형견 간이계단은
제법 비싼 데다 좀처럼 파는 곳이 없었다. 다케가 내켜 하지 않아 돈
주고 산 물건이 애물단지로 전락하면 어쩌지 하는 우려도 있었고,
가게에서 팔지 않기에 나 역시 애써 찾을 마음은 먹지 않았더랬다.
그러던 어느 날 대형 슈퍼마켓에서 우연히 넉넉한 크기의 계단을
발견했다. 애견용 계단치고는 꽤 저렴했는데 (엔화로 천 엔에서 이천 엔
사이) 그런 만큼 영 싸구려처럼 보이는 건 어쩔 수 없었다. 그러나
하단에 대형견도 가능하다고 적혀 있어 이 정도 가격이라면 한두 번
쓰고 무용지물이 되더라도 가슴이 쓰리진 않겠다 싶어 흔쾌히
구입했다.

다케는 늘 왼쪽으로만 차에
오른다. 우리가 이해하지
못하는 나름대로의 이유가
있는 모양이다. 그래서 늘 왼쪽
문을 열어준다. 다케는 조심스럽게
앞발을 먼저 올리고 부들부들

떨면서 뒷발을 올리려다 대개는 휘청거리며 털썩 주저앉는다. 운이
나쁘면, 볼썽사납게 발라당 뒤로 나뒹군다. 그러고는 안쓰러울 만큼
의기소침해진다. 그 모습을 보고 있자니 화장실에 가려다 넘어져 그
자리에서 그만 오줌을 싸버리고 풀 죽은 아버지 모습이 떠올라 마음
한구석이 착잡해진다.

계단을 구입한 다음 날 당장 차 왼쪽에 그것을 놓아주었다. 그러자
다케는 앞발과 뒷발을 차례대로 계단 위로 딛고는 간신히 차에
올랐다. 다케의 몸뚱이를 지탱하느라 싸구려 플라스틱 계단이 일순
휘어졌으나 다행히 다케가 민망한 꼴을 당하는 사태는 벌어지지
않았다. 무사히 차에 입성한 다케는 계단을 마련해준 우리에게
감사하기는커녕 예전처럼 사나운 성질을 드러냈다.

'뭘 이리 꾸물거려! 느려 터져가지고!'

나에게 따끔하게 불호령을 내리고는 니코에게 이빨을 드러내며
무섭게 으르렁댔다. 이 녀석이 보자 보자 하니까! 나는 울화통이
치밀었다. 당장이라도 다케의 멱살을 부여잡고 "이 배은망덕한
녀석아, 네가 누구 덕에 험한 꼴 안 당하고 차 안에 올라탔는데!"
하고 고함을 치고 싶은 마음이 굴뚝같았지만 개와 싸워봤자 나만
손해라 꾹 참았다.

각설하고, 내 차는 도요타 RAV4다. 묵직하고 높은 패밀리카인데
껑다리 남편이 웅크리지 않고도 탈 수 있어 별다른 고민 없이

선택했다. 남편은 차를 처음 살 당시도 노년의 연배라 다리고 허리고 안 아픈 구석이 없었다. 당연히 차를 살 때도 남편이 최우선 고려 대상이었다. 강아지였던 다케는 안중에도 없었다. 그런데 시간이 지날수록 다케가 남편의 노화를 앞질러 이제는 다케의 다리나 허리가 남편보다 더 심각해졌다. 지금 와서 생각해보면 참으로 어리석었다. 내 차는 남편보다 다케와 타는 경우가 훨씬 많았으니 말이다.

이 차에 다케를 태우고 참 여기저기 많이도 돌아다녔다. 캘리포니아 근방에서는 때로 사막의 모래바람이 불어오는데 그 기세가 이루 말할 수 없이 사납고 거칠다. 그때를 제외하고 늘 우린 함께였다. 당연히 내 차에는 개 냄새가 밸 대로 배었다. 아무리 청소를 하고 탈취제를 쏟아 부어도 헛수고였다. 여기에 털 뭉치까지 풀풀 날아다녀 행여나 검은 옷을 입고 타는 날에는 닭장 안에서 뒹굴고 나온 듯한 충격적인 행색이 되어버리곤 했다.

남편과 사라코는 개 냄새가 심하다는 이유로 자기들 차에 다케를 얼씬도 못하게 했다. 당연히 그들의 차는 지금도 티끌 하나 없이 깨끗하다. 손님을 맞이하러 갈 때는 쾌적한 그들의 차를 사용해야 하건만, 가장 크다는 이유로 내 차를 몬다. 참으로 손님에게 송구한 노릇이다.

얼마 뒤 다케는 더 이상 차에 오르지 못하게 되었다. 간이계단이 몇 번은 요긴하게 쓰였지만 얼마 안 가 이마저도 무용지물이 되었다.

지금은 더 이상 산책하러 갈 때 자몰 타지 않는다. 쇼핑에도 다케를 데려가지 않는다.

산책은 집 앞 딱 거기까지. 우리 집 앞으로 난 길에서 막다른 곳까지 걸어간 다음 다시 되돌아오는 코스로 대략 10분간의 장정이다. 예전이라면 산책 축에도 못 낀다고 할 만한 거리지만 지금의 다케에게는 그것조차 버겁다. 후들후들 간신히 걷다가 수시로 멈춰 서서 '이제 그만 돌아가요'라는 애원조 눈길을 보낸다. 나는 애견쿠키를 손에 들고 조금씩 주면서 조금이라도 걷게 한다. 쿠키를 입가에 가져간 다음 "다케, 천천히 천천히" 하면서 입 안에 넣어준다. "천천히"라고 주의를 주지 않으면 닥치는 대로 물어버리기 때문이다. 시력을 거의 상실한 이후로는 스스로 입을 조절하지 못해 특히 주의를 해야 한다.

오래전 본 물개 그림이 떠오른다. 사육사가 쉴 새 없이 허리에 찬 주머니에서 죽은 고기를 꺼내 물개에게 주고 있는 그림. 나도 그런 느낌이다.

다케는 리드 줄도 안 하고 타박타박 걷는다. 누가 보면 길 잃은 노견이 주변을 배회하는 모습으로 여겨질지 모른다. 내 모습이 보인다면

싫다는 노견을 억지로 운동시키는 야박한 고집불통 견주로 생각할지
모른다. 실제로 몇 번이나 지나가는 사람들에게 그런 말을 들었다.
심지어 차 안에서 묘한 미소를 짓거나 대놓고 황당한 표정으로 나를
뚫어져라 바라보는 사람도 있었다. 일부러 차를 멈추고 말을 건네는
사람들도 적지 않았다.

"다케!"

이제 이름을 불러도 다케는 듣지 못한다. 그래서 더더욱 눈을 뗄
수가 없다. 예전에는 부르는 즉각 달려왔다. "이리 와!" 하면 말이
떨어지기 무섭게 내 앞에 우뚝 섰다. "엎드려!" 하면 납죽 엎드렸다.
맹렬한 기세로 달려오는 다케를 "엎드려!"라는 외침 한마디로
순식간에 제지하기는 누워서 떡 먹기였다. 손동작만으로도 멀리 있는
다케를 앉게 만들었다. 내가 해지 명령을 내리기 전까지 다케는
참을성 있게 앉아 있었다. 지금 생각해보면 더없이 이상적인
강아지였다. 그랬던 다케가 지금은 오로지 "천천히"라는 말만
기억한다.

개가 "이리 와"라는 말을 따르지 않는다는 사실이 이토록 불안할
줄은 몰랐다. 만일 뒤에서 다른 개가 다가온다면……. 생각만 해도
등골이 오싹해진다. 저쪽 길모퉁이에서 포악하기로 유명한 핏불
테리어가 나타난다면……. 핏불 테리어가 나타난 적은 없지만
래브라도 리트리버(대형 사냥견)를 마주친 적은 있다. 잠시나마

눈앞이 깜깜해졌다. 용맹하기로 둘째가라면 서러워했던 다케는
지금까지 다른 개를 덮쳐서 제압한 적은 있어도 자신이 공격을 당해
패배한 적은 한 번도 없었다.

우리가 걷는 큰길에서 살짝 들어간 샛길에 두 마리 개가 살고
있다. 검은 리트리버와 치와와 잡종인데, 이 두 마리는 틈만 나면
집에서 뛰쳐나와 그곳을 활보했다. 그러다가 우리 개들을 멀리서
보기라도 하면 다짜고짜 짖어대면서 달려들었다. 한 성깔 하는
치와와와 험상궂은 리트리버의 조합은 가히 공포 그 자체였다.
처음에는 개들끼리 그저 거칠게 노는 줄만 알았다가 저들이 우리
개를 날카로운 송곳니로 물어뜯으며 밑으로 깔아뭉개는 모습을 보고
나는 눈이 뒤집히는 줄 알았다.

온순하기로 이름난 래브라도 리트리버와 공격적인 사냥개로
정평이 난 저먼 셰퍼드. 우리 다케가 어렸다면 그깟 리트리버 따위
뼈도 못 추렸으리라. 치료비를 물어줘야 하는 쪽은 응당 나였을
것이다. 살아오면서 질리도록 경험한 터였다.

그러나 이번에는 달랐다. 다케는 입으로는 낮게 그르렁대면서도
선뜻 덤벼들 엄두를 못 냈다. 보아하니 허리가 고장난 듯했다.
하룻강아지 범 무서운 줄 모른다고 니코는 과감하게 공격을
감행했지만 무시무시한 리트리버 앞에서는 귀여운 애교 수준이었다.
저러다 니코도 큰일 나겠다 싶어 나는 황급히 니코를 안아 올린 다음

다케를 질질 끌면서 도망치기 시작했다. 그런데 저놈들은 포기하지
않고 잡아먹을 듯 짖어대면서 우리 집 마당 앞까지 쫓아오는 게
아닌가. 조용한 주택가에서 한동안 개 짖는 소리가 천지를 뒤덮었다.
현관문에 당도한 내가 잔뜩 사나운 표정을 지어 보이자, 그제야
놈들은 입맛을 다시며 슬슬 몸을 돌렸다. 나는 놈들이 길모퉁이로
향할 때까지 경계의 눈초리를 거두지 않다가 완전히 시야에서 모습이
사라진 뒤에야 쏜살같이 집 안으로 들어왔다.

다케가 우리 집 식구가 되어 훈련소를 다니던 시절, 베테랑
훈련사가 이런 말을 한 적이 있다.

"개들이 싸우기 시작하면 주인이 자기 개 대신 상대편 개한테
물리세요. 그편이 훨씬 싸게 먹힙니다."

그땐 농담이려니 하고 웃어넘겼는데 지금 와서 보니 참말이었다.
특히 동물 치료비가 사람 치료비보다 비싼 미국이라는 나라에서는.

놀란 가슴을 진정시키며 나는 부엌으로 발걸음을 옮겼다. 산책 후
반드시 실시하는 의식이 남아 있었다. 숨이 턱까지 차올랐지만
의식을 지체할 수는 없었다.

나는 다케에게 우유를 주고 니코에게 주고 다시 다케에게 주었다.
자신이 더 많이, 더 자주 받지 않으면 다케는 성질을 부렸고 덩달아
우유를 주는 의식도 하염없이 길어졌다. 그러나 아무리 머리를 써도
다케는 순식간에 우유를 마셔버리고 어느새 니코 접시 앞에 가서

뚫어져라 니코를 쳐다보기 마련이었다. 무언의 압력에 공포를 느낀 니코가 자신의 우유에 입 한 번 제대로 대지 못하고 비실비실 뒷걸음치며 도망가면, 다케가 느긋하게 니코의 우유를 먹어치웠다. 이것이 바로 산책 후 행해지는 우유 의식이었다.

다케는 오로지 이 의식을 위해 아픈 허리를 일으켜 날마다 산책에 나갔다. 집에 돌아와서 니코가 눈치 없이 우편물 냄새를 킁킁거리고 있으면 혼자 성큼성큼 주방 안으로 들어가 버리곤 했다. 급한 성미를 이기지 못하고 내가 오기도 전에 우유병 입구에 입을 들이대는 일도 부지기수였다.

"다케, 입 대고 마시지 마!"

가족들이 아무리 꾸중을 해도 소귀에 경 읽기였다.

똥
이야기

이제, 똥 이야기를 하고자 한다.

불쾌하게 여기실 독자 분들을 위해 미리 양해를 구해야겠다.
'식전이신 분은 이 장을 건너 뛰셔도 좋습니다'라고 제목 옆에
부제라도 달아야 할지 모른다. 그러나 현실을 직시해야 한다. 개를 한
번이라도 키워본 사람은 알겠지만, 개와 함께하는 삶은 똥이 구 할을
차지한다고 해도 과언이 아니다. 돌이켜보면, 지금까지 14년에
이르는 세월 동안 다케의 똥을 보지 않거나 배변봉투를 사용하지
않은 적이 하루도 없다. 손에 묻은 적도 다반사다. 이젠 내 것보다
익숙해졌다.

3개월 전의 이야기다. 전에도 적었지만, 개의 3개월은 인간의
3년에 해당한다. 그러니까 다케가 지금 100세라면 97세였을 때
이야기인 셈이다.

다케가 차에 올라타자마자 똥을 쌌다. 앵무새 사료가
섞인 상태 좋은 변이었다. 그리고 다음 순간, 나는
경악을 금치 못했다. 다케가 그것을 먹어버린 것이다.
씹지도 않고 꿀꺽.

맙소사!

똥을 먹다니!

그 어떤 수위 강한 음담패설이나 화장실 유머에도 눈 하나 깜짝하지 않는 나도 다케가 저지른 충격적인 사태 앞에서는 입을 다물지 못했다.

분명히 말하지만, 인간은 똥을 먹지 않는다. 백 보 양보해서 자기 소변을 먹는 사람이 있다 해도 (고백컨대 나는 어릴 적 골골한 체력 탓에 인도에 다녀온 주치의의 권유로 인뇨 요법을 실천한 적이 있었다) 결단코 똥은 먹지 않는다.

다케가 공원 덤불 속에서 죽은 토끼를 발견하고 미처 말릴 새도 없이 머리부터 우적우적 씹어 먹은 이후로 이런 적은 처음이었다. 그때도 다케의 돌발 행동을 멈추려면 충분히 멈출 수 있었다. 다케의 입 주변을 힘껏 붙잡고 토끼 시체를 빼내면 되는 일이었다. 그러나 나는 죽은 토끼를 만지고 싶지 않았다. 똥이라면 신물이 나게 만진 나도 죽은 동물은 왠지 꺼림칙해 손이 나가지 않았다. 죽은 지 얼마 안 된 따끈따끈한 시체가 아니라 하룻밤이 지나 막대기처럼 딱딱해진 상태라 거부감이 더욱 심했는지도 모른다. 아무튼 다케는 그것을 머리째 물어서 으드득 씹기 시작했다. 토끼의 다리가 다케 입에 매달려 대롱대롱 늘어져 있다가 순식간에 쏙 하고 입 안으로 들어가 버렸다. 강한 포식동물의 무시무시한 야성을 목도한 나는 입이 쩍 벌어졌다. 솔직히 말하면 숭고한 아름다움마저 느꼈다.

게 눈 감추듯 죽은 토끼를 먹어치우는 다케의 모습을 얼이 빠져 지켜보던 니코가 거사가 끝나자 조심스레 앞으로 다가갔다. 그러고는 다케의 입 주변에 묻은 피를 핥짝핥짝 핥기 시작했다. 스스로도 잊고 있던 포식동물의 야성을 불현 듯 깨달았다는 듯이.

이야기가 삼천포로 빠졌다. 다시 똥으로 돌아오자.

다케가 자기 똥을 먹었고, 나는 머리를 굴리기 시작했다. 이미 먹어버린 똥은 어쩔 수 없다. 최소한 나머지는 먹지 않도록 다케를 차에서 내리게 하고 똥을 처리할까? 불행히도 다케는 산책에 대한 기대감으로 가득 차 차에서 내릴 생각은 추호도 없어 보였다. 설상가상으로 차 안에서 산책을 부르짖으며 한바탕 요란을 떨다가 자기 똥을 밟는 바람에 차 곳곳에 똥을 묻히는 대참사가 발생했다. 안 그래도 구린내를 풍기던 데다 똥 냄새까지 더해진 차 속 공기는 그야말로 코가 썩을 지경이었다. 호흡 곤란이라는 절체절명의 위기 속에 나는 이성의 끈을 놓지 않으려 발버둥 치며 대처법을 강구했다. 일단 커다란 목소리로 다케를 제지했다. 그리고 다케가 움찔 놀라 동작을 멈춘 틈을 타 개털 방지를 위해 좌석에 깔아두었던 담요로 똥을 싸서 그대로 벗겨냈다.

이것으로 끝이 아니었다. 며칠 뒤 다케는 또 사고를 쳤다. 차 안에서 또다시 똥을 쌌는데 다행히 이번에는 먹지 않았다. 괜찮다, 먹지만 않는다면. 똥 처리야 인이 배기도록 해온 일이 아닌가. 나는 침착하게 똥을 정리했다.

똥 상태는 좋았다. 무른 똥이 아니라 단단하고 동글동글한 똥. 이런 말을 하면 차 안에서 똥을 싸지 않게 스스로 조절하도록 다케를 훈련시키면 어떠냐 하는 사람이 있는데 모르시는 말씀. 다케는 여타 개가 하듯이 엉덩이를 바싹 움츠리고 힘을 주며 똥을 싸는 게 아니다. 나이가 들면서 항문 주변 괄약근이 느슨해진 탓에 여기저기 똥을 줄줄 흘리고 다닌다. 스스로는 '아, 똥이 나왔다!' 하는 자각조차 없다. 마치 아버지처럼.

아버지와 전화 통화를 하면 대부분의 화제가 똥에 대한 것이다. 그러고 보면 똥이란 비단 개뿐만 아니라 인간의 삶에서도 참으로 많은 부분을 차지한다. 임신이나 육아도 마찬가지다. 똥으로 시작해 똥으로 끝난다. 그리고 늙은 아버지를 대하면서 다시금 똥과 마주하게 되었다. 똥은 인간의 삶, 바로 그것이다.

아버지 말씀에 의하면, 화장실에 들어가서 바지를 내리면 이미 똥이 기저귀(아버지는 성인용 팬티를 착용한다)에 떡하니 나와 있을 때가 있다고 한다. 다시 말해 화장실에 들어오기도 전에 이미 똥을 쌌다는 얘기다. 처음에는 상당한 충격을 받았다고 한다. 똥을 쌌다는 감각도, 똥을 누고 싶다는 감각도 전혀 없었으니까.

"부모 자식 간이니 탁 터놓고 말하는데……."

아버지는 항상 약간의 수치심을 보이면서도 말하고 싶은 욕망에

굴복해 끝내 똥 이야기를 꺼냈다.

구마모토에 가면 밥 먹을 때도 똥 이야기를 수시로 하는데 새삼 격세지감이 느껴졌다. 내가 어릴 적 식사 중에 똥 얘기를 하며 키득거린다고 아버지한테 눈물이 쏙 빠지게 혼난 기억이 떠올랐던 것이다. 그랬던 걸 아는지 모르는지 아버지는 이제 식사 중에도 아랑곳없이 똥이니 설사니 오줌이니 배변에 대한 이야기를 줄기차게 쏟아냈고, 꼭 마지막에는 "늙으면 죽어야지. 이 나이에 무슨 부귀영화를 누리겠다고……" 하며 한탄을 곁들였다.

그런 아버지에 비하면 다케는 똥이 더럽다는 의식도, 이미 나온 걸 어쩌라고 하는 뻔뻔함도, 나이 먹음을 한탄하는 마음도, 아무것도 없다. 먹는다는 인식은 있어도 불쾌하고 역겹다는 인식은 없다. 차 안에서 똥을 싸 놓고 '아이고, 나도 모르게 똥을 싸버렸네!' 라며 계면쩍어 하지도 않는다. 나만 과민 반응하는 꼴이다.

사실 따지고 보면 똥을 못 먹을 이유란 없다. 나는 무엇 때문에 똥을 먹는 게 불쾌하고 싫은가. 누군가 논리적으로 이유를 묻는다면 나에게는 도무지 설명할 방도가 없다.

다케의 똥

다케가 처음으로 침대에서 똥을 쌌을 때는 꽤나 충격적이었다.

어느 날, 자기 침대에 엎드려 누워 있던 다케가 끙차, 하고 몸의 방향을 바꾸었다. 온 가족의 시선을 한 몸에 받으면서 다케는 침대에서 상반신이 아래로 좌당 미끄러졌다. 순간 당혹감이 다케의 얼굴에 스쳤다. 나는 황급히 달려갔다. 똥 냄새가 났다. 다케는 허리를 삐끗한 듯 고통스럽게 낑낑대며 몸을 버둥거리고 있었다. 허리를 다쳐서 똥을 지린 건지 똥을 지리느라 허리를 다친 건지는 알 수 없었다.

설사처럼 무른 똥이었다. 우리는 시무룩해진 다케를 염려해 약속이라도 한 듯 위로의 말을 건넸다.

"괜찮아, 다케야. 나이 들면 종종 있는 일이야."

"그럼, 그렇고말고."

그 말에 위안을 얻었는지 다케는 힘주어 일어나 침대 밖으로 비틀거리며 나간 다음 더욱 묽은 설사를 했다. 그동안 우리는 다케의 이불 커버를 벗겨내 세탁기에 넣었다. 애견 침대는 새로 산 지 얼마 안 된 것이었는데 다케가 앉으면 동굴처럼 그 부분만 쏙 들어갈 만큼 폭신폭신했다. 앉기만 해도 온몸이 배겨오던 얇디얇은 예전 침대와는

차원이 달라 잘 샀다 했건만 너무 부드러워서 다케가 항문의
괄약근을 조절하는 법을 까먹었을지도 모른다는 생각이 들었다.

결국 새 침대는 치워버리고 허름한 예전 침대를 다시 꺼냈다.
그런데 다케가 오래된 침대에 앉기 시작한 뒤에도 똥 덩어리가 두세
개 떼굴떼굴 굴러다니는 일이 몇 번이고 목격되었다.

그렇다. 문제는 침대가 아니라 다케의 나이였던 것이다.

어느 날이었다. 나는 책상에서 작업을 하고 다케는 내 발치에 놓인
애견 침대에 앉아 있었다. 불현듯 쾌쾌한 냄새가 나서 아래를
내려다보았다. 다케는 '내가 뭘?' 하듯 태연한 표정을 지었지만 꼬리
아래로 시커먼 똥이 보였다. 그동안은 아무리 냄새가 나도 대개는
방귀였지 똥을 싸는 일은 좀처럼 없었는데.

아아, 똥과 설사로도 모자라 이제 방귀까지……. 독자 여러분께
송구하기 그지없다. 그러나 어쩌겠는가. 개 이야기에서는 도무지
피할 수가 없는 주제인 것을.

신기하게도 개는 인간처럼 방귀를 뀔 때 소리가 안 난다. 차
뒷좌석에 딸들과 다케가 타고 있으면 "아유, 냄새! 엄마, 다케 방귀
뀌었어!" 하고 아이들이 코를 막고 소리를 질러대곤 했다. 불행 중
다행으로 다케의 방귀 냄새는 운전석까지 오지 않아서 나는 고약한
냄새를 그다지 실감하지 못했다. 그러다 다케가 내 방으로 본거지를
옮기면서 나는 다케가 얼마나 줄기차게 방귀를 뀌어대는지 알게

되었다.

　나이 탓도 있으리라. 일반적으로 여자도 갱년기가 지나면 괄약근이 약해져 방귀나 소변이 자주 나온다. (맹세코 내 얘기가 아니다) 다케가 인간이라면 갱년기는 벌써 지나고 100세에 근접하는 꼬부랑 할머니가 됐을 나이다. 몸 안의 근육들이 죄다 힘이 풀려 입이며 콧구멍이며 항문이며 모든 구멍들이 소금에 푹 절인 배추마냥 흐물흐물해졌다 해도 하등 이상할 것이 없다.

　더구나 개는 다른 사람 앞에서 방귀를 뀌는 행동이 부끄러운 일이라는 의식 자체가 없다. (노인이 사람들 앞에서 태연하게 방귀를 뀌는 것은 이러한 의식이 희박해지기 때문 아닐까?) 그러니 내 책상 아래서 소리 없는 방귀를 뿡뿡 뀌어대도, 심지어 똥이나 설사를 해도 미안한 기색 하나 없이 저리 당당한 것이다.

　나 역시 개한테 사과를 받을 마음은 없지만 고약한 냄새는 도무지 시간이 지나도 적응이 되지 않았다. 참다못해 코를 부여잡으며 아래를 한 번 째려봤더니 다케는 '어쩌라고?' 하는 뚱한 표정으로 방을 총총히 나가버렸다. 딱딱하고 동그란 똥 덩어리 세 개를 남겨두고.

　화장실 휴지로 그것들을 집어서 변기에 흘려보내고 바닥을 닦고 창을 열어 환기를 시키고 있자니 다케가 다시금 뚱한 얼굴로 어슬렁거리며 들어왔다. 그러더니 난 정말 모르는 일이야, 하며 아무

일도 없었다는 듯이 침대에 앉았다.

아아, 저 표정……. 나도 모르게 측은한 마음이 드는 건 바로 저 표정 때문이다.

친구 어머니가 치매에 걸려 대소변을 가리지 못한다고 했다. "바싹 마른 응가가 복도에 덩그러니 떨어져 있었어" 하고 친구는 말했다. 여기서 응가(うんち)란 도쿄 방언이다. 나도 어릴 때 응가라고 배웠다. 똥(うんこ)은 좀 더 커서 사용했는데 어릴 때는 똥이 비속어인 줄 알았다. 지금도 똥보다 응가라는 말이 더 친근하고 귀엽다. 똥을 싼 사람뿐만 아니라 똥 그 자체에 대해서도.

친구 어머니는 곳곳에 똥을 싸고 화장실 앞에서 타이밍을 놓쳐 오줌을 싸버리는 일도 있었단다. 친구가 그 사실을 알려주면 어머니는 새침한 얼굴로 모르는 일처럼 딴청을 부린다고 했다.

다케의 '난 모르는 일이야' 사고는 3일 연속 이어졌다. 첫째 날은 묵묵히 처리했지만 둘째 날에는 "또야!" 하고 한 소리 했다. 셋째 날에는 "다케, 적당히 좀 해!" 하고 훈계를 한 다음 일부러 큰 소리로 딸을 불러서 "다케가 또 똥 쌌다!"라고 말하며 공개적인 망신을 주었다.

우리 모녀가 똥이라는 말을 사용하게 된 건 전남편의 성화 때문이었다. 그와 내가 가정을 꾸렸을 무렵, 내가 무심코 '응가'라는 말을 했더니 그는 대번에 눈살을 찌푸렸다.

"그 단어는 쓰지 말아줘. 들으면 끈적끈적한 묽은 설사가 내 손에 묻는 것 같아 불쾌해진다구. 앞으로는 똥이라고 제대로 불러주길 바래."

참고로 그는 관서지방 언어권에서 자란 남자다. (일반적으로 관서지방 출신 남자는 거칠고 호쾌하며 남성적인 기질을 가졌다고 알려져 있다)

사람들이 뭐라고 떠들어대건 말건 개에게는 응가든 똥이든 그게 그거다. 개에게 언어의 미묘한 뉘앙스 따위 알게 뭔가. 덕분에 나는 마음껏 똥에 대한 무한한 상상의 나래를 펼칠 수 있다.

그나저나 애당초 '난 모르는 일이야' 라는 표정은 대체 뭐란 말인가. 민망해서 그런 건지, 단순히 자기 영역에 똥이 있다는 게 싫어서 외면하는 건지 도통 모르겠다. 다케는 똥을 보고도 짐짓 무심한 얼굴을 한 채 휙 거실로 나가버린다. 그러고는 거실에 놓인 자기 침대에 앉아 있다가 누군가 똥을 치우면 그제야 어슬렁어슬렁 돌아온다. 그게 다다.

이런 일이 있었다.

내 방에서 일을 하는데 지린내가 왈칵 밀려왔다. 아래를 내려다보니 다케는 몸을 축 늘어뜨리고 잠에 빠져 있었다. 얼핏 봐도 똥을 싼 것 같지는 않았다. 혹시 몰라 꼬리를 들어보았지만 아무것도 없었다. 불쑥 꼬리를 잡힌 다케는 '뭐야?' 하는 얼굴로 나를 힐끔

쳐다보다가 이내 다시 잠들었다. 어린 시절 다케는 아무리 자는
척해도 내가 움직이면 어김없이 일어났다. 지금은 미동조차 없다.
그저 새근새근 숨소리를 내고 곤히 잠을 잘 뿐이다. 내 손으로
전해지는 꼬리의 감촉과 무게감을 통해 다케가 살아 있음이
느껴졌다. 지린내의 범인은 방귀였다. 다케는 자면서도 방구를 뀌는
것이었다.

　이런 일도 있었다.

　한낮에 방에서 일을 하는데 갑자기 주르륵 하는 소리가 들려
아래를 내려다보았더니 엎드려 누워 있던 다케가 무표정한 얼굴로
거품 섞인 설사를 하고 있었다. 나는 다케가 용변을 어서 마치기를
기다렸지만 아무리 기다려도 다케는 일어날 기미를 보이지 않았다.
스스로 조금도 눈치채지 못한 듯했다.

　나는 일어나서 "다케, 저리로 가!" 하며 손가락을 밖으로
가리켰다. 다케는 잔뜩 늦장을 부리며 일어나 거실 침대에 철퍼덕
앉았다. 아뿔싸! 꼬리에 설사가 묻어 있는 걸 깜박했다. 결국 거실
침대며 바닥이며 다케의 설사가 묻고 말았다.

　다케의 엉덩이를 힘주어 박박 닦아야 묻은 똥이 벗겨져
깨끗해지는데 그러면 허리에 무리가 가는지 아파서 버둥거린다. 하는
수 없이 다케의 허리를 양손으로 안아 올려 다케의 무게를 팔로
지탱하면서 씻는다. 처음 다케를 안아 올렸을 때, 허리가 너무 가늘고

앙상한 뼈의 감촉이 그대로 전해져 깜짝 놀랐다. 나케가 대여섯 살 무렵, 인간으로 비유하자면 펑퍼짐한 중년 아줌마 시절 다케의 허리는 굵고 포동포동했다. 지금은 마르고 허약해져 움직일 때마다 뼈마디 소리가 툭툭 들린다.

내가 아무리 노력해도 살이 빠지지 않는 건 지금의 내가 그 시절 다케처럼 중년 아줌마의 체형과 체질을 지닌 탓이다.

80세가 된 이모가 "요즘 나 살 좀 빠졌다!"라며 자랑조로 말하던 일이 떠올랐다. 젊었을 때부터 이모는 자매들 중에서 가장 뚱뚱했다. 외가 쪽 체형이 원래 기골이 장대한 편이라 어머니도 우람한 체형은 예외가 아니었는데, 자신보다 조금 더 뚱뚱하다는 이유로 이모를 만날 때마다 살 좀 빼라며 내가 듣기에도 기분 나쁠 말을 비수처럼 던지곤 했다. 그랬던 그녀가 드디어 살이 빠진 것이었다. 그러면서 덧붙이기를 "여든 살 먹으면 누구나 살이 빠진다"고 했다.

그때는 '그런 말은 나도 하겠네' 하고 코웃음 쳤지만 지금 와서 생각해보니 다케도 팔십 세가 되어서야 겨우 살이 빠지기 시작했으니 틀린 말이 아니다. 나도 여든 살이 되면 다케처럼 살이 빠져 바싹 말라 볼품없는 노인네가 될까. 병원에서 주검처럼 누워 있으면서 바싹 바싹 말라갔던 어머니처럼. 식욕은 사라지지 않으니 순식간에 살이 빠지진 않을 것이다. 온몸의 근육이 쇠약해져 내장을 보호하지 못하고 앙상한 팔다리에 배만 뽈록 나온 기괴한 모습의 아버지처럼 될까.

내가 다케의 허리를 안았을 때, 당연하게도 눈을 감기 전에 어머니의 허약한 허리와 손발, 그리고 아버지의 위태롭기 짝이 없는 다리와 허리가 떠올랐다. 아아, 애처롭고 불쌍하다. 그나저나 내 방은 오늘따라 왜 이리 냄새가 고약한지.

공양

밥과 산책.

산책과 밥.

다케의 하루 대부분을 차지하는 일과다.

어릴 적부터 '산'이나 '밥', '푸드', '워킹'이라는 말이 귓가에 들려오면 다케는 얼씨구나 하고 한바탕 야단법석을 떨었다. 폭발하는 기쁨을 주체 못해 이리저리 뛰어다니며 가구에 부딪히고 애꿎은 니코만 괴롭히기 일쑤였다.

중년기에 들어선 다케는 산책하러 차에 오르면 목적지에 도착할 때까지 침을 튀기며 찢어질 듯한 고음으로 왕왕 짖어댔다. 따끔히 혼을 내거나 협박용으로 잡지를 던지고 물을 끼얹는 등 갖가지 수법을 써보았지만 대개 허사로 끝났다. 다케는 차에서 내릴 때까지 시종일간 침을 튀기며 미친 듯이 짖어댔다.

노년기에 접어들어서도 이런 버릇은 별반 달라진 게 없다. 개의 마음에 깊게 뿌리내린 본능적인 행동이랄까. 지금도 여전히 컹컹거리며 부산을 피우지만 예전만큼 산책이 즐겁지는 않은 눈치다.

이유는 간단하다. 나이가 들어 만사가 다 귀찮아진 것이다. 고통에 울부짖을 정도까진 아니더라도 몸을 움직이면 관절이 부딪혀 아프다. 그러니 걷기도 싫다. 그냥 집에 들어앉아 온종일 자고 싶다.

산책은 대개 늦은 오전에 했다. 풀숲에 맺힌 이슬도
마르는 시간. 덕분에 아무리 덤불 속을 휘저어도 니코의
털이 축축해지지 않는다. 따스한 햇살을 받으면
늙어빠진 다케의 뼈에 비타민 D가 흡수되어 다리와
허리도 건강해진다.

오전의 햇빛을 받으면서 다케가 터덜터덜 걷는다.
종종 그러다 멈춰 서 돌아가려고 한다. 나는 그럴 때마다
쿠키 하나를 다케의 눈앞에서 팔랑팔랑 흔들어댄다.
다케가 입을 벌리고 달려든다. "천천히"라는 말을 연발하며 나는
발걸음을 뗀다. 다케는 쿠키를 천천히 먹으면서 천천히 앞으로
나아간다.

아버지가 생각난다.

구마모토에서도 이렇게 하고 싶었다. 아버지를 일으켜 세워서
걷게 하고 싶었다.

환한 햇살을 쬐면서 집 뒤편 공원을 산책하고 싶어도 아버지에겐
무리였다. 그렇다면 최소한 아파트 통로를 왔다 갔다 하는
것만이라도. 그것도 무리라면 집 안에서 현관과 거실을 왔다 갔다
하는 것만이라도. 근육이 튼튼해지니 조금이라도 걷는 편이 좋다고
아버지를 돌봐주는 도우미 여성분이 말했고 나도 적극적으로
동조했으나 아버지는 한사코 싫다며 고집을 부렸다. 하지만 다케는

다르다. 아무리 고집을 부리고 싶어도 네가 마음먹은 대로 움직인다.
그래서 나는 정성스러운 수발을 아버지가 아닌 개에게 하고 있다.

다케의 일거수일투족을 바라보고, 똥을 싸면 치우고, 허리가
아프면 문질러준다. 아침저녁으로 말을 걸고, 먹으면 칭찬해주고,
자면 혹시라도 죽은 건 아닐까 싶어 숨소리에 귀를 기울인다.
이것이야말로 구마모토에서 외롭게 늙어가는 아버지가 나에게
원하는 게 아닐까.

물론이다. 아버지가 얼마나 그것을 원하고 있는지 나는 아프도록
통감하고 있다.

"혼자 죽고 싶지 않다!"

"외로워 못 견디겠다!"

아버지의 절절한 외침이 가슴속을 후벼 판다. 그러나 어쩌겠는가.
사정이 여의치가 않은 것을.

부처님을 공양하듯 어디서 누구에게라도 좋으니 공양하자. 그러면
내 덕이 부처님께 닿아서 나에게
돌아오리라.

스승에게 받은 은덕을
되돌려주진 못해도 내가 다른
사람에게 도움을 주면 그 자체로
도움이 돌고 돌아 스승에 대한

보답이 된다. 오래전 많은 도움을 받았던 은사님에게 들은 이야기다. 그 이후로 은사님에게 받은 은혜에 대한 보답으로 나를 찾아오는 젊은이들에게 아낌없이 도움을 주기 시작했다.

　노인의 수발도 마찬가지다. 부처님의 공양이나 은사님에 대한 보은처럼 다른 노인의 수발을 정성스럽게 들어주면 언젠가 우리 집 노인에게 은덕이 돌아가리라. 나는 오늘도 이곳에서 노견의 수발을 든다. 언젠가 이 은덕이 돌고 돌아 구마모토에 사는 노인에게 돌아가기를 바라면서.

"루이야, 나는 너를 버리고 가는 게 아니란다."
개를 키우는 친구가 이런 말을 한 적이 있다.
떠나기 전에 돌아오는 날을 분명히 말해준다면
개는 언제까지고 기다린다고.

Chapter 3

루이의 할아버지

루이의 할아버지

아버지가 죽었다. 앞 장의 '공양'을 쓴 직후 일이다.

구마모토에 갔을 당시 아버지는 눈에 띄게 늙어 보였다. 그래도 설마 열흘 후에 세상을 떠날 줄은 꿈에도 몰랐다. 내가 구마모토에 가면 아버지는 늘 기운을 차리곤 했다. 다케처럼. 이번에도 딸이 왔으니 상태가 좋아지려니 했건만 갈수록 악화되었다. 먹지도 못하고 목소리도 안 나오고 걷지도 못했다. 한사코 입원만은 싫다며 고집을 부리던 아버지도 "네가 간 다음에 (얼마 뒤 나는 도쿄에 갈 예정이었다) 입원하겠다"며 한발 물러섰다.

다음 날, 아버지를 데려갈 병원차가 도착했다. 나는 아버지를 보낸 다음 내 차로 루이를 태우고 병원에 갔다. 아버지에게 마감을 마치고 돌아오겠다고 약속하고는 루이를 데리고 내 집에 돌아와 (구마모토에는 아버지가 사는 집과 별도로 내 집이 따로 있다. 그곳에서 일을 하고 잠을 잔다) 글을 썼다.

몇 시간이 지난 뒤 다시 루이를 데리고 병원으로 향했다. 병원 주차장은 위로 지붕도 있고 제법 안전해 보였기에 나는 루이를 차에 두고 혼자 병원에 들어섰다. 그리고 10분 후, 아버지가 눈을 감았다. 주치의도 예상치 못한 갑작스러운 죽음이었다.

아버지가 입원해 있는 병실에 들어가기 전에, 나는 주치의를
만났다. "제가 도쿄에 간 사이 행여나 아버지에게 무슨 일이
생기면……" 하고 넌지시 운을 뗐다. 주치의는 심각한 표정으로
고개를 끄덕였다.

"충분히 가능한 일입니다."

아버지의 상태에 대한 이런저런 이야기를 들으면서 나는 엄숙한
기분에 사로잡혔다.

상담을 마치고 병실로 향했다. 아버지는 자고 있었다. 거무튀튀한
혈색 탓인지 여느 때보다 더욱 시체 같다는 생각을 하고 있는데,
아버지가 돌연 커다란 숨을 두어 번 토해냈다. 그 이후로 얼마나
시간이 흘렀을까. 아무리 봐도 숨을 쉬지 않는 듯했다. 어, 숨을 안
쉬네, 하며 내가 어리둥절해하는 사이 주치의가 헐레벌떡 들어왔다.

"심장은 움직이는데 호흡이 없습니다! 히로미 씨, 아버지 손을
잡아주세요!"

나는 엉거주춤 침대에 다가가 아버지의 오른손을
쥐었다. 맥박이 뛰고 있었다. 주치의는 아버지의
왼손을 잡고 모니터를 뚫어져라 응시했다. 모니터 속
그래프가 주기적으로 움직이다가 이내 뜸해지는가
싶더니 어느 순간 멈춰버렸다.

"삐…………삐…………삐…………삐…………"

"삐················삐···············"

"삐————"

주치의가 시계를 봤다.

"○시 ○○분, 운명하셨습니다."

이후로 눈코 뜰 새 없이 바쁜 나날이 이어졌다. 루이는 동물병원에
맡겼다. 나는 도쿄 일과 장례식을 병행하느라 몸이 열 개라도 모자랄
지경이었다.

때마침 큰딸 카노코가 임신 중인 몸으로 신랑과 일본에 와 있었다.
출산을 하기 전에 할아버지와 친아빠를 만나기 위해서였다. 다행히
카노코는 할아버지에게 남산만 한 배를 보여줄 수 있었다. 금일봉도
받았다. 친아빠를 만나러 가는 길에 할아버지의 부음을 들었고,
부랴부랴 돌아와 장례식에 참석했다. 내가 장례식 일을 신경 쓰는
동안 카노코는 루이를 병원에서 데리고 와 며칠간 함께 지냈다.

얼마 뒤 카노코는 캘리포니아로 돌아갔고 나와 루이만 단둘이
남았다. 나는 루이를 다시 동물병원에 맡기고 캘리포니아로
돌아갔다.

나는 늙어가는 다케의 모습을 아버지에 견주어 바라보곤 했다.
아버지가 떠난 지금, 이제는 꽤 무덤덤해졌다. 다케는 여전히
늙어가지만 그 모습을 보아도 예전처럼 내 몸이 아려오는 듯한

고통과 불안을 느끼지는 않는다. 이제 아무리 정성스레 다케를
보살펴도 그 은공이 아버지에게 전해지지 않으리라. 뼈아픈 후회만
가득하다. 살아생전 더 자주 찾아가서 잘 해드렸어야 했는데…….

그러나 구마모토에는 여전히 루이가 남아 있다. 아버지와
동고동락하던 방년 11세의 개가.

11년 전, 내가 부모님에게 적극 권유했다. 적적한 노부부의 삶에
개라도 한 마리 있으면 한결 생기가 넘칠 거라고. 그렇게 루이는
부모님과 인연을 맺었고 결과는 내 말대로였다.

그러나 3년 뒤, 어머니가 입원했고 그 길로 더 이상 집에 돌아오지
못했다. 아버지와 루이만 남았다. 어머니가 돌아가시고 8년 동안
아버지가 얼마나 루이에게 의지했는지 모른다.

"루이는 정말이지 고집불통이다."

아버지는 종종 나에게 루이 흉을 보았다. "침대에 누우면 루이가
자꾸 위에 올라와서 숨이 막혀 죽겠다"라고도 했다. 아버지는
귀찮다는 듯이 말했지만 나는 안다. 루이의 무게는 아버지가
유일하게 느낄 수 있는 생명의 무게, 생명의 온기였음을.

루이가 무슨 종이었는지는 확실히 모르겠다. 아마도 파피용이
아닐까 싶다. 어머니가 집에서 사라진 뒤부터 아버지가 느낄 수 있는
가족적인 교류는 루이에게 자신의 음식을 나눠주는 일이었다.
하루하루 아버지가 주는 음식을 받아먹은 루이는 토실토실 살이

불어났고 언제부턴가 파피용이 아니라 웰시코기처럼 보이기
시작했다. 웰시코기보다 둥그스름한 얼굴에 왕방울만 한 눈, 강아지
때는 날아다닐 것처럼 커다랗던 귀는 몸집이 커지면서 점점
쪼그라들었다.

　루이는 간질병을 앓고 있다. 발작을 일으키면 사지가
뻣뻣해지면서 덜덜덜 몸을 떨고 입에 거품을 물면서 오줌을 쌌다.
그런 상태로 몇 분에서 몇 십 분이 지나고 이내 제정신을 차리면
어두운 곳에 쏙 숨어버렸다. 가구 뒤나 마루 밑에 기어 들어가 한참
동안 나오지 않으니 걱정이 된 아버지는 루이를 나오게 하려다
넘어지거나 다친 적도 부지기수였다.

　한 번 발작을 일으키면 대개 반나절가량이 지나야 정상으로
돌아왔다. 루이가 제 발로 비실비실 나올 때면 발작하면서 토해낸
거품으로 온몸이 번들거려 처참한 몰골이었다. 어쨌든 간질 때문에
루이는 동물병원에서 처방해준 여러 약을 날마다 먹어야 했다.
아버지가 살아생전 약 한 움큼을 입 안에 털어놓았던 것처럼.

　루이는 늘 오른쪽 입 아래로 혀를 덜렁거리며 내놓고 있다. 모르긴
몰라도 간질병의 영향이 아닐까 싶다. 발작 중에 심하게 혀를 물다가
신경이 뚝 끊어져 버린 건 아닌가 추측할 뿐이다. 본인은 모르겠지만
미관상 대단히 보기 흉측하다. 혀가 징그러우리만치 길어서 더
기괴해 보인다. 이렇게 기다란 혀는 본 적이 없을 정도다.

그뿐만이 아니다. 심각한 비만견인 루이는 췌장과 심장도 나쁘다. 수의사는 기름진 음식은 절대 금물이라고 신신당부를 했다. 특히 사람이 먹는 음식은 절대 먹여선 안 된다고. 그럼에도 아버지는 식사 때마다 맛있는 부위(대개 기름진 고기나 튀김류)를 루이에게 떼어 주었다. 루이가 아버지에게 찰싹 엉겨 붙어서 큰 소리로 보채면 아버지는 입으로는 시끄럽다며 꾸중하면서도 젓가락으로 부지런히 음식을 루이에게 날랐다. 오랜 세월, 아버지와 루이는 그렇게 살아왔다.

아버지가 숨을 멈추기 사흘 전, 루이가 탈주극을 벌여 아버지와 나를 가슴 졸이게 한 적이 있었다. 아파트 관리인이 아파트 현관문 밖으로 나가는 루이를 보면서 '동물이 자동문을 열었나?' 하고 신기하게 생각했을 때는 이미 루이가 밖으로 사라진 뒤였다. 연락을 받고 아버지 집으로 한걸음에 달려갔더니 관리인이 루이 찾기에 여념이 없었다. 그는 루이가 아버지에게 얼마나 소중한 존재인지 잘 알고 있었다.

나는 리드 줄을 챙겨서 평소의 산책로를 돌았다. 어디에도 없었다. 길가에 동물 시체도 보이지 않았다. 시츄를 데리고 걸어가는 사람, 치와와를 데리고 걸어가는 사람에게 다가가 물어보았지만 별 소득은 없었다.

국도를 건너 둑방길 위로 올라갔다. 조깅 중인 고등학생들을 만나 시간을 재는 여고생에게 물어보았다. "아, 저쪽에서 봤어요" 하며 왔던 쪽을 가리켰다.

둑방 위에서 시바견을 데리고 산책 중인 부부를 만났다.

"혹시 이 근처에서 혼자 있는 개 못 보셨나요?"

"저쪽 다리에서 봤어요."

나는 숨이 턱에 닿도록 둑방길을 달렸다. 다리 옆에서 토이 푸들을 데리고 나온 사람을 만났다. 나와 동년배로 보이던 그녀는 멀리서 리드 줄만 가지고 뛰어오는 나를 보고 개를 찾는 줄 단번에 눈치챘다면서 자신이 오는 방향에서는 못 봤지만 앞으로 가는 길에 보게 되면 연락을 주겠다고 했다. 지푸라기라도 잡는 심정으로 서로 휴대번호를 교환하고는 하릴없이 발걸음을 옮겼다.

차가 다니는 길이 나왔다. 여기를 건널까 (집에서 더욱 멀어지게 된다), 건너지 말까 (집에서 멀어지지 않는다). 루이의 성격이라면 후자를 선택했으리라.

나는 길을 건너지 않고 앞으로 더 나아갔다. 둑방길이 두 갈래로 나뉘었다. 그 한쪽에서 다가오는 남자 고등학생에게 물어보았더니 고개를 절레절레 저었다. 그래서 다른 쪽 길로 향했다.

얼마나 걸었을까. 둑방 아래 찻길 맞은편에 여고생들이 모여 왁자지껄 떠들고 있는데 그 아래 포동포동한 흰색 물체가 언뜻 보였다. 루이다! 나는 차에 치여 크게 다친 건 아닐까 하는 생각에 떨리는 심장을 부여잡고 한걸음에 둑길을 뛰어내려 여고생들이 모인 쪽으로 달려갔다. 루이였다. 내 모습을 발견한 루이는 아이고, 이거

심려를 끼쳐 송구합니다, 라고 말하는 듯 계면쩍은 표정을 지으며
쭈뼛쭈뼛 다가왔다.

서로 목청을 높이며 와글와글 자초지종을 설명하는 여고생들의
이야기를 대략 종합해보면 다음과 같았다. 루이가 둑방길을
어슬렁거리는 모습을 우연히 발견했다. 여차하면 차에 치일 것 같아
생포 작전을 벌인 끝에 붙잡아 찬찬히 살펴보니 개 목걸이에
연락처가 적혀 있었다. 얼른 휴대폰으로 전화를 걸었더니 어느
할아버지가 받았는데 횡성수설하며 당최 무슨 말을 하는지 알아들을
수가 없었다. 하는 수 없이 전화를 끊고 개를 어떻게 해야 할지
방도를 강구하던 참에 내가 나타났다······.

루이의 탈주 행각은 이렇게 일단락되었다. 나는 소녀들에게
감사하다며 연신 인사를 하고 루이와 그곳을 빠져나왔다. 바로 토이
푸들을 데리고 나온 사람에게 전화를 걸어 소식을 전하고 집에
돌아왔다.

루이는 나오지도 않는 오줌을 찍찍 갈기는 시늉을 하면서
둑방길을 태평하게 걸어갔다. 주변 사람들의 가슴을 졸이게 했다는
사실은 알 바 아니라는 듯이. 내가 찬 만보계는 1만 보 가까이 찍혀
있었다. 둑길 아래위로 벚꽃이 만발했다.

오매불망 루이를 기다리던 아버지는 루이를 보자마자 맥없이 풀썩
쓰러졌다. "이 구제불능 같은 놈아!" 하고 잔뜩 쉰 목소리로 루이에게

호통을 치면서 젊은 애들한테 전화가 걸려왔는데 내 목소리가 잠겨서
아무 말도 할 수가 없었다며 비통한 표정을 지었다. 그리고 다시
루이를 원망스럽게 노려보았다.

다음 날, 아버지는 한층 상태가 악화되었다. 새벽 세 시경
아버지에게 전화가 걸려왔다. 자세히 들어보니 "음…… 음……"
하고 고통스러운 듯한 신음 소리만 들려왔다. 일단 아버지 집으로
출동했다. 가면서 휴대전화를 확인해보니 아버지에게 걸려온 부재중
통화가 몇 통이나 와 있었다. 내가 자느라 휴대전화를 받지 못해 집
전화로 건 모양이었다. 죄책감이 해일처럼 밀려왔다.

루이는 침대 옆에 얌전히 앉아서 아버지를 지켜보고 있었다.
힘없이 침대 위에서 몸을 일으킨 아버지는 고개를 떨구며 울먹였다.

"화장실에 가고 싶어서…… 그런데 이놈의 다리가 말을 안
들어서…… 그래서……."

침대에서 화장실까지는 두 발짝 정도의 거리였다. 나는 아버지를
일으켜 세운 다음 화장실로 데리고 갔다. 바지를 내려 용변을 보게
하고 엉덩이를 닦아주고 다시 안아서 침대에 눕혔다.

"아아, 배가 아프다."

아버지가 얼굴을 찡그리며 말했다. 나는 아버지의 배를 가볍게
주무르며 마사지를 해주었다. 그러자 루이가 침대 위로 풀썩
뛰어올라 자기 앞발을 아버지에게 살그머니 갖다 댔다. 그러고는

베개 위에 앉아서 고통스러워하는 아버지의 머리에 얼굴을 비볐다.

"야, 이놈아! 넌 저리 가."

아버지가 귀찮다는 듯이 내뱉었지만 진심이 아님을 나도 루이도
알고 있었다.

아침이 되어 아버지는 입원했다. 그리고 얼마 뒤 숨을 거뒀다.

아버지의 죽음 이후 루이는 나와 지냈다. 날마다 산책을 하고
용무가 생길 땐 동물병원에 맡겼다. 도쿄에 출장을 갔다가 돌아와서
장례식을 치르고 친척들이 돌아간 뒤 루이를 다시 데려왔다. 그리고
또 얼마간을 함께 지냈다. 며칠 동안은 카노코도 함께했다. 나는
어디든 루이를 데리고 다녔다. 차 안에서 기다리게 하고, 차에
돌아오면 물을 주고, 산책을 하고, 집에 돌아와서 우유를 주었다.
캘리포니아에서 그랬던 것처럼.

기특하게도 루이는 낯선 생활에 제법 잘 적응했다. 내가 부르면
오고 산책할 때는 내 뒤를 따라 걸었다. 밖에서 다른 개를 만나도
자신이 먼저 다가가 킁킁거리며 인사를 나누고 사람들에게는 살갑게
굴었다. 차 안에서 기다릴 때는 대시보드(운전석과 조수석 정면에 있는
각종 계기들이 달린 부분) 위에 똬리를 틀고 앉았다. 극적인 변신이 아닐
수 없었다. 집에서 두문불출하며 오로지 아버지에게만 충성을 바쳤던
예전 모습은 조금도 찾아볼 수 없었다. 심지어 아버지를 찾지도
않았다. 언제나 천진난만한 얼굴로 나를 기다렸다. 동그란 얼굴과

커다란 눈망울 덕분에 더욱 그렇게 느껴졌는지도 모르지만 어쨌든.

변호사로 일하는 카노코는 미국으로 돌아가기 전에 둘러보고 싶은 노인센터가 있다고 했다. 우리는 고속도로를 달려 야츠시로(규슈 구마모토현에 있는 도시)로 향했다. 규슈의 산들은 밤나무와 오동나무에 흐드러지게 핀 꽃들로 빼어난 자태를 연출했다. 등나무 덩굴에도 꽃이 만발했다.

루이는 뒷좌석에 얌전히 앉아 있었다. 누가 보면 질리도록 차를 타고 다녀서 익숙해졌나 보다 싶겠지만 실은 루이가 차를 타는 일은 동물병원에 데려갈 때뿐, 6개월에 한 번이 고작이었다. 지금까지 루이는 아파트에서 아버지와 하루를 보냈다. 날마다 사극과 야구, 스모를 봤다. 도우미 아주머니가 해준 밥을 먹고 아버지의 푸석푸석한 몸에 달라붙어 잠을 잤다. 아버지 베개 위에 루이가 몸을 얹으면 아버지는 군말 없이 베개를 양보했다.

"루이는 할아버지가 어떻게 됐는지 궁금해하지 않네."

카노코가 루이를 힐끗 바라보며 말했다.

"하지만 우리들 중 가장 혼란스러울 건 루이일 거야. 할아버지가 없어졌다는 사실을 누구보다 뼈저리게 깨닫고 있을 테니까."

카노코는 자문자답하듯 이렇게 덧붙였다.

노인센터에 도착한 우리는 건물 입구 쪽 그늘에 루이를 매달아두었다. 직원과 이야기를 나누고 있는데, 언제나 내가 돌아올

때까지 의젓하게 앉아서 기다리던 루이가 왕왕 하고 짖어대는 소리가
들렸다. 창문으로 내려다보니 지팡이를 짚은 어느 할아버지가 루이와
놀고 있었다. 그리고 얼마 뒤 차 한 대가 멈춰 서더니 할아버지를
태우고 가버렸다. 그러자 루이가 목청껏 짖어대기 시작했다. 멀어져
가는 차 뒤를 하염없이 바라보면서.

'그날, 할아버지는 차를 타고 어디론가 갔다. 그 뒤로 영영 이별이었다.
엄마가 나를 둑길 옆에 자리한 집으로 데리고 갔다. 카노코 언니도
있었다. 나는 언니 침대에서 잠을 자고 둑방 위를 산책했다. 지금까지와
달리 크고 넓은 세상이었다. 할아버지는 돌아오지 않았다. 나는 할아버지
집에 돌아갈 수 없었다. 나는 엄마나 언니와 여기저기를 돌아다녔다.
할아버지는 그날 차를 타고 어디론가 간 뒤로 만난 적이 없다. 지금 내게
다가온 할아버지는 내 할아버지가 아니다. 그러나 내 할아버지처럼
지팡이를 갖고 있고 나와 놀아주었다. 그리고 내 할아버지처럼 차를 타고
떠나버렸다. 나는 할아버지, 하고 불렀다. 부르면 언제든 할아버지를 볼
수 있었다. 부르면 언제든 맛난 고기와 밥을 먹을 수 있었다. 그런데
할아버지가 오지 않아서 나는 더욱 커다란 목소리로 불렀다. 할아버지!
할아버지!'

나는 낯선 차를 향해 짖어대는 루이를 말없이 바라보았다. 슬픔이

먹물처럼 번져나갔다. 이내 뜨거운 눈물이 양 뺨을 타고 흘러내리기
시작했다. 노인센터에 대해 설명을 해주던 직원이 흠칫 놀라 나를
쳐다보았다.

"죄송합니다. 아버지 장례를 치른 지 얼마 안 돼서 그만……."

나는 펑펑 울었다.

캘리포니아 비행기를 타기 이틀 전에 루이를 동물병원에 맡겼다.
막판까지 강의가 연달아 잡혀서 정신없이 바쁜 나날이었다.

떠나기 마지막 날, 나는 동물병원에 들러 루이를 데리고 나와
근처를 산책했다. 동그란 얼굴과 동그란 눈망울로 사방을 신기한 듯
두리번거리는 루이를 바라보며 나는 다짐하듯 말했다.

"루이야, 나는 너를 버리고 가는 게 아니란다."

개를 키우는 친구가 이런 말을 한 적이 있다. 떠나기 전에
돌아오는 날을 분명히 말해준다면 개는 언제까지고 기다린다고.

캘리포니아 집을 비우게 될 때면 나는 늘 다케에게 또박또박
알려준다.

"몇 월 며칠에 돌아올 거야. 그러니까 앞으로 며칠만 기다리면 돼."

그러면 다케는 항상 기다린다.

"루이야, 7월 20일에 데리러 올게. 그때까지 여기서 착하게
기다리고 있어. 알았지?"

루이는 똑똑하니까 내 말을 분명히 이해할 것이다.

 생일
축하해

다케가 열네 살이 되었다. 케이크에 초를 꽂고 노래를 불러주는 낯간지러운 행사는 그만둔 지 오래지만 소고기를 올린 특별식은 매년 차려준다. 올해도 예외는 아니다.

'정월은 한 걸음 더 다가선 저승길(새해가 오면 한 살씩 나이를 더 먹으니 이는 곧 정월이 올 때마다 그만큼 저승길에 가까워진다는 일본 옛말)'이라는 말이 있는데, '정월'에 '다케의 생일'을 넣으면 그 뜻이 훨씬 뼈저리게 다가온다. 더군다나 개의 1년은 인간의 7년 이상에 해당한다니 저승길로 가는 길이 우리보다 일곱 배 이상 빠른 셈이다. (대형견의 경우는 더 빠르다)

아버지는 생전에 90세를 맞이하고 싶다고 입버릇처럼 말했지만 87세에 돌아가셨다. 결국 소원은 이루지 못했다. 그러나 따지고 보면 87세도 엄청난 일이다. 지구상에 그만큼 살아가는 생명체가 얼마나 될까. 개라면 꿈도 못 꿀 소리다.

아버지는 눈을 감기 전 몇 개월 동안 상당히 비참한 시간을 보냈다. 시시각각 조여오는 저승사자의 손길을 담담히 받아들이지도, 그렇다고 거세게 저항하지도 못하고 겁에 질려 투정만 부렸다. 그렇게 우물쭈물 보내다가 결국 유언 한마디 없이 황망하게 숨을 거두고 말았다.

저먼 셰퍼드의 14세는 인간으로 치면 103세에 해당된다. 87세에게 노인 대접을 받아야 할 나이다. 그러나 아버지가 내게 보인 궁상맞고 비굴한 모습은 다케에게선 찾아보기 힘들다. 인명은 재천, 아니 견명은 재천이라는 만고의 진리를 깨우친 듯 고요하고 평화롭기만 하다. 이렇게 하루하루를 보내다 보면 언젠가 무지개다리를 건너게 되리라.

가족 중 그 누구도 다케가 14세 생일을 맞이하게 될 줄은 꿈에도 생각지 못했다. 특히 생일 직전, 다케는 생사의 기로에 서 있었다. 아버지 장례식 때문에 내가 일본에 머물던 때였다.

장례를 치르고 이것저것 뒤처리를 하느라 눈코 뜰 새 없이 바쁜 나날을 보내던 중에, 사라코와 도메에게 메일이 왔다. 다케가 이상하다, 사방에다 용변을 본다, 자꾸 토한다, 밥을 안 먹는다, 방에서 꼼짝도 안 한다, 다리가 뻣뻣해서 제대로 걷지 못한다, 왼쪽으로 몸이 쏠려서 걷다가 벽에 부딪힌다 등등. 심상치 않은 증상에 대한 보고가 줄줄이 이어졌다. 걱정이 되어 집으로 전화를 걸었더니 남편은 뇌졸중이 의심된다고 했다.

예전부터 짐작은 했었다. 그럼에도 검사를 받지 않고 내버려 둔 것은 다케가 개이기 때문이었다. 어머니는 5년 동안 영양제나 약물, 산소를 투입하는 호스를 주렁주렁 단 채 병실 침대에 무기력하게 누워 지냈다. 아버지 역시 죽기 직전 병원에 입원했을 당시 코에 호스를 집어넣고 고통스러워했다. 인간의 존엄성이 훼손당하는

느낌이었다. 다케만은 부모님이 겪은 잔인한 절차를 쉽게 하지

않으리라 다짐했다.

나는 사라코에게 '다케의 상태가 심각해지면 동물 장례업체를

알아봐야 할지도 모르겠다'라는 요지의 메일을 보냈다. 이내 답장이

왔다.

'아직은 다케를 죽은 셈치고 싶지 않아!'

결국 내가 캘리포니아로 날아갈 때까지 별다른 조치를 취하지

않은 채 어영부영 시간만 끌었다.

집에 도착했을 때, 다케는 살아 있었다. 딸들은 입을 모아 말했다.

"엄마가 돌아오기 전까지만 해도 꽤 심각했어. 축 늘어져서 온종일

방에 틀어박혀 있었는걸. 엄마가 온다고 했더니 다시 기운을 차린

모양이야."

다행이었다. 속으로 마음의 준비를 하긴 했지만 아버지 장례를

치르고 곧바로 다케마저 저세상으로 보냈다면, 아무리 강심장이라

자부하는 나라도 버티기 힘들었으리라.

다케는 얼핏 봐도 예전과 달라 보였다. 황천길에서 악전고투 끝에

간신히 목숨만 부지한 패잔병마냥 기가 쏙 빠진 눈치였다.

죽다 살아온 다케는 갈수록 빠르게 쇠약해졌다. 매일 아침 내

방에서 아무렇지도 않게 똥오줌을 말 그대로 줄줄 흘렸다.

산책 횟수도 줄었다. 이전에는 집 앞 모퉁이에 있는 교회까지

걸어가서 교회 부지를 한 바퀴 돌아 집으로 다시 돌아오는 코스였다.
지금은 교회까지 가는 것만으로도 힘겨워하기에 돌지 않고 곧장
돌아온다.

다케와 산책을 나가면 지나치는 사람들이 종종 다케가 몇 살이나
먹었는지 물어본다. 나이를 말해주면 미국인 특유의 과장된 몸짓을
취하면서 감탄사를 연발한다. 이해 못할 바도 아니다. 다케 나이만큼
사는 개도 드문 건 사실이니까. 그러거나 말거나 다케는 여전히 풀과
땅에 코를 박고 킁킁거리며 여기다 싶은 곳에 오줌을 싼다. 다케가
영역 표시를 하기 무섭게 니코가 쪼르르 달려와 똑같은 장소에 한쪽
다리를 척 올리고 오줌을 갈긴다.

걷다 보면 다케의 몸이 기우뚱하며 중심을 잃는다. 오른쪽으로
몸이 기울어져 스텝이 꼬이는 바람에 인도에서 찻길로 자빠지거나
벽에 부딪힌 적도 많다. 가죽이 뼈에 들러붙어 앙상하기 그지없는
다케의 몸뚱어리는 살가죽이 흐물거려서 보기에 안쓰러울 지경이다.

얼마 전까지 똑같은 모습의 아버지를 보았다. 나는 아버지 옆에서
손을 잡고 부축하고 앉혀주고 배변을 도왔다. 아버지는 늙어갈수록
극도로 불안해했다. 자신이 무참하게 퇴화되어가는 모습을 두 눈으로
목도하면서 화를 내고 슬퍼했다.

다케는 다르다. 화를 내지도, 슬퍼하지도 않는다. 그저 잔잔한
호수처럼 담담하기만 하다.

 다케의
귀 고름

다케는 오랫동안 귀에서 고름이 나오는 병을 앓고 있다. 지금껏 시력도 썩 좋은 편이고 털 빠짐도 없이 건강한 편인데 귀 고름은 유독 강아지 때부터 다케를 괴롭혀왔다.

때로는 집에서 감당이 안 될 만큼 상태가 심각해져 병원에 데리고 가야 했다. 미국의 동물병원은 치료비가 비싸서 고름을 빼내고 귀를 청소하는 데 일본 돈으로 3만 엔(약 27만 원)가량이 든다. 수의사 말로는 알레르기 증상이란다.

정확히 무엇에 대한 알레르기 증상인지는 모른다. 살아오면서 피부 질환을 일으키는 음식이나 물건 등은 몇몇 있지만 아무리 주의를 기울여도 알레르기는 어김없이 다케를 괴롭혔다. 설사를 하고 귀 고름이 생기고 몸 구석구석을 벅벅 긁으며 간지러워했다. 더구나 나이가 들어 다리가 불편해진 다케는 간지러운 부위를 제대로 긁기가 힘들어 궁여지책으로 고개를 비틀어서 물어뜯고 씹어댔다.

특히나 귀 고름은 정말로 참기 힘든 모양인지 귀를 벽에 부딪치고 머리를 마구 흔들면서 고통스러워했다. 귀 고름을 주변에 흩뿌리며 몸부림치는 다케를 보면 어찌나 가엾고 안쓰럽던지.

발작이 시작되면, 우리는 길길이 날뛰는 다케를 붙잡아 진정시킨

다음 수의사가 처방해준 시큼한 식초향 액체를 귀 속에 넣었다.
그리고 귀 뿌리를 부드럽게 주물러주고 면봉과 휴지로 귀 고름을
살살 긁어냈다. 이내 다케의 귀에서 끈적거리는 시커먼 액체
덩어리가 줄줄 나왔다.

　다케는 아파서 발버둥 쳤다. 우리가 "귀"라고 속닥거리면
귀신처럼 알아채고는 순식간에 자취를 감춰버렸지만 이내 자기
침대에 들이닥친 불청객들로 인해 거실로 질질 끌려나오곤 했다.
치료 의식이 행해지는 동안 우리는 일절 침묵을 지켰다. 이는
다케에게 '우리는 널 혼내고 있는 게 아니야'라는 메시지를 전달하기
위함이었다. 이름도 부르지 않았다. '다케'라는 이름에는
'다노시이(楽しい, '즐거운'을 뜻하는 형용사)'라는 뜻이 담겨 있기
때문이었다. 그래서 우리는 다케가 싫어하는 일을 할 때는 결코
이름을 부르는 일이 없었다.

　기특하게도 다케는 도망갔다가 다시 잡혀오면 그 이상 저항은
하지 않았다. 니코라면 상상도 못할 일이다. 강아지 때 복종훈련에
실패한 니코는 나이가 들어서도 자기를 괴롭힌다고 여기면 우리를
물려고 덤비는 일도 있다. 반면 다케는 평상심을 유지했다. 살짝 몸을
비틀며 귀를 우리 손에서 멀어지게 하려고 노력은 하지만 적극적으로
도망칠 기미는 보이지 않았다. 비명은 지르지만 저항은 하지 않았다.
으르렁거리지도 않고 물지도 않았다.

다케는 결코 우리를 물지 않는다. 이는 명백한 사실이다. 곶이나 쿠키를 던져주는 손을 입 가까이 댄 적은 있어도 물겠다는 의지를 가지고 덤벼든 적은 없다. 여기에는 추호의 의심도 없다. 성공적인 복종훈련의 결과이기도 하지만 그게 전부는 아니다. 태어났을 때부터 다케의 마음에 자리 잡은 것이다. 처음부터 '인간을 해치지 말라'라고 설정된 로봇처럼.

5년 전의 일이다. 다케의 왼쪽 귓바퀴가 풍선처럼 부풀어 올랐다. 주무르면 말랑말랑하고 따뜻했다. 병원에 데려갔더니, 귀 고름이 쌓인 다케가 머리를 자꾸 흔들어 그 충격으로 귀 혈관이 터져 혈액과 분비액이 밖으로 나와 고여버렸다는, 길고 복잡한 설명을 들었다. 악성은 아니므로 내버려두어도 좋지만 붓기가 가라앉으면 귀 모양이 쪼그라들어 흉하게 변형될 수 있다며, 수의사는 귀 성형 수술을 권했다. 물론 거절했다.

얼마 뒤 수분이 빠져나가서 수의사 말대로 귀가 쪼글쪼글해졌다. 다케의 귀를 본 지인들은 하나같이 "예전보다 훨씬 착해 보인다"고 평했다. 확실히 귀가 작아지니 퉁명스러운 고집불통 노견의 인상이 예전보다 부드러워지긴 했다. 안 그래도 집에 오는 손님을 죄다 도둑놈 취급하며 사납게 짖어대는 통에 지인들에게 단단히 미운털이 박혔었는데 전화위복이 아닐 수 없었다.

 루이,
삭발하다

루이는 현재 티다 동물병원에 장기 투숙 중이다.

7월 20일에 루이를 데리러 구마모토에 간다. 거기서 며칠간 함께 지낼 예정이다. 일이 생겨서 피치 못하게 동물병원에 맡기는 일을 제외하고는 루이와 생활할 것이다. 여름이라 차 안에 두면 위험하므로 어디라도 데리고 다닐 것이다. 밥을 먹고 산책하고 잠을 자고……. 8월이 되면 루이는 나와 함께 하네다에서 출발하는 LA행 심야 비행기에 오른다. 나는 지금 루이의 이사 준비를 차근차근 해나가고 있다.

얼마 전 티다 동물병원의 D선생이 루이의 사진을 메일로 보내왔다. 루이가 삭발한 모습이라면서.

루이의 삭발은 D선생이 먼저 제안했다. 가뜩이나 구마모토의 여름은 무덥기로 유명한데 비만에다 간질병까지 앓는 루이가 더위를 견디기 힘들 거라면서.

일단 거절했다.

실은 몇 년 전, 아버지가 루이를 동물병원에 데려갔다가 D선생에게 같은 제안을 받고 삭발을 감행한 적이 있었다. 내가 구마모토에 갔을 때는 루이가 삭발하고 얼마간 시간이 지나 털이 좀

자란 뒤였는데, 그럼에도 나는 루이의 괴상망측한 외모에 아주
기함을 했다. 추하다기보다는, 봐선 안 되는 것을 본 기분이었다.
솜털이 보송보송한 강아지 몸뚱어리에 장성한 수컷의 얼굴을 가진
개라니. 털이 짧아 몸집은 작아졌지만 튼실한 엉덩이 근육은 더욱
부각되었다. 그때 루이는 인간으로 치면 40대 남자였다. 어엿한 성인
남자가 되지 못하고, 그렇다고 아이도 되지 못한 이상야릇한
존재라고나 할까. 털이 없으니 파피용 특유의 모습은 눈을 씻고
찾아봐도 없었다. 함께 산책할 때마다 기괴하기 짝이 없는 루이의
모습에 어찌나 창피하던지 얼굴이 화끈거렸다.

민망하고 어색한 기분이 표정에 드러난 탓인지 지나가는 사람들이
여러 번 말을 걸어왔다. 미국 사람들의 활발한 대화 방식에 익숙해진
나는 일본인 특유의 신중하고 조심스러운 말투가 도리어 불편하고
거북했다. 구마모토 사람들은 일부러 내 시선을 피하고 루이를
보면서 이렇게 묻곤 했다.

"이 개는 대체…… 무슨 종인가요?"

나는 "너구리입니다"라든가 "개와 하마의 잡종이요" 같은 대답을
하고 싶은 충동에 몇 번이고 사로잡혔으나 '정직하게 살자'를 삶의
모토로 실천하며 살아온지라 그럴 수는 없었다. 나는 "파피용입니다.
너무 뚱뚱해서 삭발했어요"라고 진지하게 대답했다. "웰시코기
같죠?"라고 웃으며 덧붙이기도 했으나 아무도 웃지 않았다.

루이가 다시 털이 자랄 때까지 기다리느라 얼마나 힘들었는데 그 고생을 다시 반복할 수는 없었다.

나는 루이의 삭발에 결사반대였다. 그런데 딸들이 내 의견에 이의를 제기하고 나섰다. '볼품없다'거나 '딱해 보인다'라는 건 어디까지나 제3자인 내 생각일 뿐, 삭발 여부는 루이의 건강을 위해 결정해야 마땅하다는 게 주장의 요지였다. 지당하신 말씀.

루이는 무더운 찜통더위 속에서 8월까지 지내야 한다. 동물병원에 에어컨이 있어도 안심은 금물이다. 구마모토의 여름은 살인적인 더위로 악명이 높다. 더구나 8월에는 비행기 화물칸을 타고 작열하는 태평양을 건너 캘리포니아로 이동하는 어마어마한 장거리 여행이 예정되어 있지 않은가. 며칠간 고민한 끝에 나는 D선생에게 삭발을 부탁하는 메일을 보내고야 말았다.

D선생이 보낸 메일을 클릭하자, 컴퓨터 화면 가득 삭발한 루이가 나타났다. 그 순간, 나는 망치로 뒤통수를 가격당한 듯 정신이 멍해지고 말았다.

맙소사, 너무 추했다. 너무너무 추했다. 나이가 들어서 그런지 예전에 삭발했을 때보다 몇 곱절은 더 추했다. 매정한 견주라고 비난해도 상관없다. 어차피 루이는 이 글을 읽지 못할 테니.

삭발한 몸뚱어리는 돼지색이라고 해야 하나…… 분홍빛이 맴도는 살색이었다. 얼굴만 루이 그대로고 몸 전체에 고슬고슬한 털이 빽빽이 나 있었다. 술과 담배에 찌는 시저분하고 덥수룩한 아저씨 같았다. 눈 위로 굵은 눈썹 모양이 선명하고 혀는 훌러덩 입 밖으로 나와 있었다. 실로 충격적인 비주얼이 아닐 수 없었다.

사진을 보고 있자니, 여러 가지 것들이 떠올랐다. 어릴 적 텔레비전 프로그램 덴조극장에 나온 덴조(1950년대 일본 텔레비전에서 방영된 개그 프로그램 '덴조극장'에 나왔던 우스꽝스러운 캐릭터)라든지, 구마모토 특산품 장난감인 오바케노 킨타로(새빨간 얼굴에 검은 모자를 쓰고 목에 있는 끈을 당기면 커다란 혀가 나오는 도깨비 인형)라든지. 멍청해 보이는 눈썹은 덴조를 닮았고, 못생긴 얼굴과 입 밖으로 나온 거대한 혀는 오바케노 킨타로를 꼭 빼닮았다.

오해하지 마시기 바란다. 내가 이렇게 외모를 가지고 볼멘소리를 좀 했다손 치더라도 루이에 대한 마음이 식은 것은 아니다. 루이는 루이다. 삭발을 한 모습이 추한 건 틀림없는 사실이지만 그런 모습조차도 나에겐 귀엽고 사랑스럽다. 너무 못생겨서 공항 검역소를 통과하지 못하는 건 아닌가 싶어 슬쩍 걱정도 되지만.

루이를 빨리 만나고 싶다.

똥오줌 따위
두려울쏘냐

아버지는 죽었지만 다케는 살아 있다. 심지어 다케는 죽음의
문턱에서 몇 번이고 되돌아왔다.

자는 모습을 보면 죽었는지 살았는지 분간이 안 간 지가 꽤
되었는데 이 무렵엔 부쩍 심해졌다. 하루에도 수시로 긴가민가하는
일이 반복된다. 그래도 처음부터 불길한 촉이 엄습한 적은 없으니
다행이라고나 할까.

눈을 감기 직전의 아버지는 한눈에 봐도 망자의 낯빛이었다.
예상은 빗나가지 않았다. 다케도 숨이 멎으면 한눈에 알아차릴
것이다. 털 때문에 아버지처럼 피부색이 드러나진 않겠지만 망자와
생자는 느낌이 확연히 다르니까.

아무리 시체같이 보여도 "산책할까?" 하고 말을 걸며 쿠키를
내밀면 다케는 힘겹게 몸을 일으킨다. 다케가 산책 중에 흘린 침이
발바닥에 엉겨 붙어 축축한 개 발자국이 도장처럼 바닥에 찍힌다.
"나른해서 견딜 수가 없다. 아이고, 더 이상은 못 걷겠다" 하고
투덜거리는 아버지의 목소리가 귓가에 들리는 듯하다.

산책의 거리는 점점 짧아지고 있다. 언덕길이나 계단 오르기는
언감생심 꿈도 못 꾼다. 이젠 똑바로 걸어가기조차 역부족이다. 내가

잠시라도 한눈을 팔면 인도 가장자리에서 위태롭게 걷다가 벌러덩 찻길로 굴러떨어진 일도 다반사다.

얼마 전, 산책을 나갔다 돌아오는 길이었다. 니코가 토끼를 발견하고 냅다 쫓아가기 시작했다. 참고로 이 동네는 야생 토끼가 종종 출몰하는데 우리 집 정원에도 자주 모습을 보인다. 아름다운 포물선을 그리며 울타리를 뛰어넘어 토끼를 쫓는 니코의 모습은 장애물을 우아하게 뛰어넘는 훈련된 말처럼 능숙했다. 나는 니코와 토끼의 추격전을 감상하느라 한동안 정신이 팔려 있었다.

그렇게 얼마나 걸어갔을까. 문득 허전한 느낌이 들었다. 다케가 안 보였다. 뒤를 돌아보니 인도에서 찻길로 굴러떨어진 다케가 기진맥진한 표정으로 괴롭게 숨을 들이쉬고 있는 것이 아닌가. 때마침 차를 타고 지나가던 젊은 사람들이 놀라 차를 세우고 나와 다케를 부축하고 있었다. 화들짝 놀란 내가 후다닥 달려와 견주임을 밝히자 다케도 운전자도 주변에 모인 사람들도 일제히 안도의 한숨을 내쉬었다.

이런 일도 있었다. 냄새를 맡느라 늦장을 부리는 니코와 다케를 기다리다 못해 나 혼자 성큼성큼 앞으로 걸어갔다. 그렇다고 해도 10미터 남짓한 거리였다. 내가 없어진 사실을 눈치챈 다케는 눈에 띄게 당황하는 기색이 역력했다. 불안한 듯 좌우를 두리번거리며 전전긍긍했다. 내가 손을 높이 올려 휘이 저어 보이자 그제야 안심한

듯 이쪽으로 천천히 걸어왔다. 분주히 냄새를 킁킁거리고 오줌을
싸느라 내가 없어진 줄 몰랐던 니코도 그 사이에 천진난만한
표정으로 잽싸게 달려왔다.

　나는 먼저 도착한 니코에게 조그만 쿠키를 주고, 그다음 도착한
다케에게 큰 쿠키를 주었다. '다케에게 제일 먼저 쿠키를 준다' 라는
룰은 무너진 지 오래였다. 다케와 나는 언제부턴가 이러한 룰을
무시하게 되었다.

　다케의 노화는 날이 갈수록 빠르게 진행되었다.

　다케는 이제 침대에서 일어나지 못한다. 용케 일어서더라도
그대로 서 있지 못한다. 다음 행동으로 이어지지 못하니 노력해서
일어설 이유도 없다. 그러므로 다케는 내 방 안에서 하루 종일
늘어지게 잠만 잔다. 일어서고 싶어도 다리에 힘을 주고 버티지
못해서 위태롭게 비틀거리다가 풀썩 주저앉는다. 갓 태어난
사슴처럼.

　그렇다고 노상 누워만 있나 하면 그렇지도 않다. 어떨 때는
신기하게도 일어나서 걷고 아슬아슬하지만 산책도 나간다. 쿠키를
보여주면 첫 걸음마를 떼는 아기처럼 휘청거리며 따라온다. 산책에서
돌아와서는 현관 입구의 계단을 올라가기 힘들어 계단이 적은
뒷문으로 돌아서 집에 들어간다. 다케는 벽이나 쓰레기통, 냉장고에
몸을 내던지듯이 하면서 힘겹게 앞으로 나아간다.

자는 동안 똥을 싸는 일은 일상다반사가 된 지 오래다. 다케도 익숙해졌고 우리도 익숙해졌다. 어릴 적에는 냄새만 나도 질색했던 사라코나 도메도 이제는 얼굴빛 하나 변하지 않은 채 덤덤하게 똥을 치우고 창문을 열어 환기시킨다.

얼마 전 친구 C가 진지하게 물었다.

'Why don't you put her to sleep?'

자장가를 불러 개를 재운다는 낭만적인 얘기가 아니다. 왜 안락사를 시키지 않느냐는 말이다. 비슷한 뜻으로 'Put her down'이라는 문장도 있다. 직역하면 떨어뜨린다는 의미다. 그러고 보면 영어에는 비유적인 표현이 참 많다.

"아직은 때가 아니야."

나는 웃으며 얼버무렸다. C는 그 이후로 더 이상 안락사에 대한 이야기를 꺼내지 않았지만, 그녀가 왜 그런 말을 했는지는 충분히 이해한다. 늙고 병든 개를 돌보는 건 너와 개 모두에게 힘든 일이다. 더 이상 개에게 고통을 주지 않고 평화롭게 잠들게 하는 편이 낫지 않은가. 이것이 미국인들의 통상적인 생각이다.

다케는 더욱 늙었다.

요즘은 시도 때도 없이 설사를 한다.

이글을 쓰는 방금 전에도 산책 중에 설사를 길 위에 줄줄 흘렸다. 나는 일단 니코와 다케를 집에 데리고 온 뒤에 휴지와 분무기, 비닐봉지를 들고 현장에 돌아왔다. 나는 분무기로 딱딱하게 말라가는 설사똥을 축축하게 만든 다음 휴지로 닦아냈다. 남 캘리포니아의 태양이 작열했다. 이대로 둔다면 금세 똥이 말라서 바삭바삭 갈라져 바람에 날아가리라. 그러면 누구도 여기에 똥이 있었다는 사실을 눈치채지 못하겠지. 괜한 고생을 하고 있다는 생각이 들었다. 그러나 어쩌겠는가. 이미 엎질러진 물인 것을.

쭈그리고 앉아 똥을 긁어내고 있는데 어떻게 알았는지 사라코가 소리 없이 다가와서 도와주기 시작했다. 한가로운 일요일, 인적 드문 정오에 두 모녀가 먼지가 되어가는 똥을 묵묵히 긁어내고 있었다.

아버지라면 어땠을까.

아버지를 쿠키로 유인할 수는 없다. "몸이 노곤해서 못 걷는다", "산책 따위 해도 건강해지지 않는다"라며 짜증을 부릴 게 틀림없다. 다케도 말을 한다면 똑같은 소리를 할 것이다. 그러나 다케에게는 쿠키가 있다. 건강을 위해서라면 조금이라도 햇볕을 쬐고 걸어야 한다. 그러나 설사를 하면 체력도 정신력도 바닥이 나고 만다. 설사를 하고 나면, 다케는 온몸에서 기운이 모조리 빠져버린 듯 사지가 풀려 쓰러지듯 잠이 든다. 아버지도 그랬다.

아버지가 살아 있던 마지막 이틀간도 완전히 탈진한 상태였다.

아무리 그래도 설마 이틀 후에 세상을 떠날 술은 몰랐나. 나는
아버지를 부축해서 화장실에 데려가고 노인 기저귀를 벗겨서 용변을
보게 하고 엉덩이를 닦아주었다. 어머니 때부터 질리도록 해온
일이었다. 급하면 변기 안의 물로 어머니의 엉덩이를 씻어준 적도
있었다. 수시로 요강도 비웠다. 그건 아무래도 좋았다. 남에게 보일
수 없는 비루한 모습까지 공유하게 되면서, 부모님과 나의 관계가
통상적인 경계를 넘어서서 한 차원 올라간 느낌마저 들었다.

고작 똥오줌 뒤치다꺼리로 이토록 거창한 해석이 나오다니 조금
웃기기도 하다. 나 역시 남의 똥오줌을 받아내는 것이 유쾌하고
즐거운 일은 아니다. 부모님의 경우, 그 기간이 오래가진 않았다.
감사하게도.

다케의 경우는 어떤가. 지금까지 14년 동안 나는 다케의 똥오줌을
받아왔다. 부모님보다 훨씬 오랜 시간이다. 그렇다고 이제 와서
달라질 건 없다. 때론 망망대해에 홀로 노를 저어가듯 막막하고
외롭겠지만, 나는 내 할 일을 할 것이다. 지금껏 그래 왔듯이.

똥오줌 따위 두려울쏘냐.

Chapter 4
지는 해와 뜨는 해

눈이 침침해지고 귀가 어두워진 다케는
이제 나뭇가지를 물어오지 못한다.
언덕 아래까지 내려가지도 못한다.
언덕길은 두 갈래로 나뉘는데
두 곳 모두 다케에겐 힘에 부친다.

지는 해와 뜨는 해

카노코가 아기를 낳았다. 소식을 듣자마자 나는 차를 몰고 여덟 시간을 달려 딸이 사는 베이 에리어(캘리포니아 샌프란시스코의 해안 지역)로 향했다.

미국은 일반적으로 산모가 출산하고 하루가 지나면 아기와 함께 집으로 돌려보낸다. 내가 도착했을 때 카노코는 여전히 배가 불룩했고 신생아는 새빨간 핏덩이에 불과했다.

다음 날, 퉁퉁 부어 있는 산모와 꼬물거리는 아기를 돌보고 있는데 도메에게 휴대폰 메일이 왔다. 다케가 아무래도 뇌졸중에 걸린 것 같다는 내용이었다. 황급히 전화를 걸었다. 걷지도 일어서지도 못하고 고개가 휙휙 돌아가는 모습이 저번보다 심각해 보인다고 했다. 평소와 다른 다케의 모습에 니코가 잔뜩 겁을 집어 먹고 안절부절못한다는 얘기도 덧붙였다.

공교롭게도 다케를 보살필 사람은 도메뿐이었다. 사라코는 직장에 다녔고 처음부터 개들을 나 몰라라 하는 남편은 전혀 도움이 되지 못했다. 여름방학으로 잠시 집에 와 있던 도메는 언니가 돌아올 때까지 다케를 정성껏 돌봤다. 초등학교 때만 해도 다케의 똥을 보고 질겁하던 철부지 소녀였다. 16세가 된 지금도 한없이 어리기만 한

막내딸이 홀로 다케의 대소변을 처리하고 니코를 진정시키느라
고군분투했다니 기특하기도 하고 한편으로 마음이 짠했다.

어둑어둑해진 저녁 무렵, 사라코에게 전화가 걸려왔다. 퇴근해서
도메에게 다케의 상태를 전해 듣고 상황을 지켜본 사라코는 잠시
머뭇거리다 안락사에 대한 이야기를 꺼냈다. 그 정도로 다케의
상태는 심각했다.

결국 이튿날 나는 차에 올라탔다.

산모와 아기 곁에 있고 싶었다. 엄마 젖도 제대로 빨지 못하는
연약한 신생아는 먹은 게 없어 변도 나오지 않았다. 모든 게 낯설고
막막하기만 한 초짜 산모에게 저 어린 생명을 맡긴다고 생각하니
마음에 납덩이가 내려앉은 듯이 무거웠다.

나는 선택해야 했다. 자기 몸조리도 제대로 못하는 산모가 약하디
약한 아기를 잘 보살필 수 있을까. 가능하다면 옆에서 지켜주고 싶다.
그러나 나는 다케를 선택했다. 시행착오를 겪을지언정 이 아기는
살아남으리라. 아기에게는 엄마와 아빠가 있다. 그러나 다케는
죽음이 임박한 상황. 나는 다케의 곁을 지켜주어야 한다.

전속력으로 도로를 질주하면서, 나는 안락사에 대해 생각하기
시작했다.

늙고 거동이 불편해진 개를 안락사시키기 위해 왕진 전문
수의사를 불렀다는 친구의 얘기가 떠올랐다. 초면이었지만 무척

친절하고 배려 깊은 사람이었다며 시급도 그 일에는 조금의 후회도
없다고 했다. 상상해보았다. 미국식 매너가 넘치는 따뜻하고 상냥한
수의사가 우리 집에 들어오는 모습을. 그런데 아무래도 마음
한구석이 영 찜찜했다. 일면식도 없는 낯선 사람이 집에 들어와
다케의 목숨을 끊는다. 우리는 서서히 잠들어가는 다케의 모습을
묵묵히 지켜본다······.

고속도로가 LA의 복잡한 시가지에 진입한 무렵, 도메와
사라코에게서 '다케가······' 라고 시작하는 문장의 메일이 잇달아
도착했다. 당장이라도 차를 멈추고 확인하고 싶은 마음이
굴뚝같았으나 전속력으로 달리는 중이라 그럴 수가 없었다. 다케는
죽은 걸까. 편하게 눈을 감았을까. 온갖 상상이 떠올랐다. 차가 정체
구간에 들어서자 나는 서둘러 뒤 문장을 읽었다.

'일어섰어요!'

'걸었어요!'

아아, 다케는 이번에도 살아났다.

집에 도착해보니, 다케는 이제껏 본 적 없는 밝은 표정으로 나를
맞이했다. '엄마가 돌아왔다' 라며 기뻐하는 눈치였다. 쿠키를
주었더니 고개가 심하게 흔들려 잘 먹지 못했다. 바닥에
놓아두었더니 몇 번이나 바닥에 코를 박고 허우적대다가 쿠키를 덥석
물었다.

"어제는 고개도 못 들고 계속 머리를 바닥에 처박고 있었어.
그런데 오늘은 이렇게 머리를 들고 있는 거야. 우리도 깜짝 놀랐어."

두 딸이 신기하다는 듯 말했다.

그날 이후로 다케는 줄곧 잠만 잤다. 별다른 고통은 없어 보였다.
가끔씩 무언가 불편한지 후우우우, 하고 신음 소리를 냈는데
다가가서 부드럽게 쓰다듬어주면 한결 나아지는 모습이었다.

그렇게 며칠이 지났다.

다케는 여전히 내 방에서 지낸다. 가족이 거실에 있으면 다케는
후우우우, 하고 웅얼거린다. 다케가 거실에 있고 내가 방에 있어도
마찬가지 소리를 낸다. 그럴 때면 도메나 사라코가 다케의 몸통을
수건으로 감싼 다음 들어 올려서 내가 있는 곳으로 데려온다.

다케가 어릴 적에는 누구에게 안기는 걸 끔찍이 싫어했다. 지금도
안으면 심기가 불편해져서 씩씩거리는데 사라코가 아기 양을 안아
올리듯이 끌어안으면 순한 강아지처럼 이내 잠잠해진다. 늙고 기운이
빠져서 둔감해진 건지, 아니면 주인 앞이라 어리광을 부리는 건지
도통 모르겠다.

내가 카노코네 집에서 돌아온 날 저녁, 다케에 대한 문제로
가족회의가 열렸다. 이날, 다케의 안락사는 시기상조라는 데 모두의
의견이 일치했다.

내가 집을 비운 사이에 다케의 안락사에 대해 물었던 친구 C가

집으로 전화를 걸어 똑같은 질문을 했다고 한다. 가족들끼리도 자주 왕래하며 허물없이 지내는 그녀는 서로의 고민거리를 들어주고 조언을 아끼지 않는 사이다. 그런데 안락사의 문제에 대해서만큼은 우리 사이에 좁혀지지 않는 간극이 존재하는 듯했다. 키우는 반려견의 목숨을 끊는 일 앞에서 미국인은 참으로 신속하게 결단을 내린다. 그들 눈에는 차일피일 미루고 미루는 내가 이해가 안 될 것이다.

C의 전화를 받은 남편은 왜 안락사를 시키지 않느냐는 질문에 '당신이 상관할 바 아니다'라고 따끔하게 일침을 날리고 싶었으나 아내의 친구임을 배려해 최대한 부드럽게 대답했다고 한다.

"다케가 늙긴 했지만 고통을 느끼지도 않고 아이들도 다케를 잘 돌봐줍니다. 우리 가족은 오랫동안 다케와 함께 살아왔어요. 돌보기가 다소 힘들다는 이유만으로 다케를 죽일 수는 없습니다."

맞는 말이다. 다케가 상당한 고령이긴 하나 심각한 병을 앓는 건 아니다. 딸들도 지극정성으로 다케를 보살핀다. 일본에서 돌아가신 할아버지를 대신하듯이.

도메는 두 살 때부터 다케와 함께 살았다. 도메의 삶 속에는 늘 다케가 있었다. 사라코는 질풍노도에 휩싸인 10대에 다케를 만났다. 사라코와 다케는 단짝이 되어 함께 성장해나갔다.

얼마 뒤 나는 일본에 가야 했다.

"엄마가 없을 때 다케가 또 위독해지면 어떡해. 내가 다케의
생사를 결정하게 되는 건 싫어."

사라코가 걱정스레 말하자 남편이 덤덤하게 입을 열었다.

"걱정하지 마라. 그때가 온다면 내가 결단을 내릴 테니까."

앞서 밝혔지만 남편은 심각한 개 혐오증을 가진 인간이다. 다케를
키우기로 결정했을 때, 우리 모녀에게 결국 백기를 들긴 했으나 단 한
번도 다케에게 애정을 보인 적이 없었다. 유태인은 원래 개 같은 거
키우지 않는다는 얼토당토않은 이유를 대기에 개가 정말 싫긴 싫은가
보다 했다. 그런데 알고 보니, 어릴 적에 저면 셰퍼드가 사납게
짖으며 쫓아오는 바람에 도망가다가 엉덩이를 물릴 뻔한 적이
있었단다. 간발의 차로 엉덩이 대신 바지가 찢어졌다는데 아무튼 그
이후로 트라우마가 생긴 모양이다. (개가 쫓아올 때 겁먹고 소리를
지르거나 도망치면 역효과만 초래한다)

개라면 질색을 하는 남편 때문에, 우리는 멋진 해안가에 살고
있음에도 불구하고 옆집 부부처럼 여유롭게 개를 데리고 바다를
산책하거나, 돌아오는 길에 근사한 카페테라스에서 개를 바닥에
앉히고 우아하게 차를 마시는 일 따위는 그림의 떡이었다.

이랬던 남편이, 다케가 죽을 고비를 넘는 장면을 목도하고는
변했다. 우리처럼 다케를 가족의 일원으로 받아들이고 진지하게
다케의 죽음과 마주하기 시작했다.

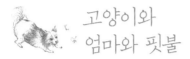

고양이와
엄마와 핏불

카노코 부부는 고양이 네 마리와 개 한 마리, 거북이 한 마리를
키운다. 딸이 고양이 메트로놈(암놈)과 트레몰로(수놈), 그리고
거북이 검짱(성별 불명)을, 사위는 개 한 마리와 고양이 두 마리를
데려왔고 이번에 아기까지 태어나면서 대가족을 이루게 되었다.

부부가 키우는 동물들은 보호센터에서 인연을 맺었다. 친구의 개가
낳은 새끼였던 다케나 사육사를 통해 한 가족이 된 니코나 루이와
달리, 보호센터에 머무른 동물들의 사연은 저마다 구구절절했다.
안타깝고 가슴 아픈 속사정을 들어보면 용케도 살아남았구나 싶을
정도다.

한창 왕성하게 일할 나이에 유기 동물을 줄줄이 데려와 자식처럼
보듬어 키우는 두 젊은이를 보면서, 나는 그들에게 필시 채워지지
않은 결핍이나 불안이 있었던 건 아닐까 하는 생각이 들었다. 카노코
가족을 보면 브레멘 음악대(그림형제가 쓴 고전 동화로, 못된 주인을 만나
괴롭힘 당하다 쫓겨난 동물들이 함께 음악대를 결성하는 이야기)가
떠오른다. 서로의 아픔과 상처를 어루만지며 꿋꿋하게 시련을 헤쳐
나가는 가족들. 그리고 갓 세상에 태어나 유일하게 그늘 없이
반짝반짝 빛나는 새 생명.

　나도 젊은 시절 고양이를 기른 적이 있다. 누군가를 만나 치열하게
사랑했다가 처절하게 이별하고, 운명처럼 재회해 결혼했다가 끝내
헤어짐을 경험했다. 그야말로 심신이 만신창이가 되었던 시절,
우연찮게 한 마리 고양이를 만났고 '붓짱'이라는 이름을 지어주었다.
고양이를 자식처럼 키우면서 얼마나 많은 위안을 얻었는지 모른다.
덕분에 새로운 사랑도 시작할 수 있었다. 상대가 폴란드로 유학을
떠나게 되자 나는 붓짱을 부모에게 맡기고 그를 따라갔다. 얼마 후
일본에 돌아와 아이를 낳았고 구마모토에 둥지를 틀었다. 내가
가정을 꾸릴 동안 고양이는 여전히 친정에 맡겨진 채였다. 언젠가는
데려올 생각이었지만 차일피일 미루는 사이에 그만 차에 치여 죽고
말았다.

　"붓짱이 죽었어."

　수화기 너머로 어머니가 울먹였다.

　어머니가 붓짱의 사체를 수습하고 도로에 묻은 피를 닦아내고
있는데 이웃집 부인 K가 나와서 도와주었단다. 붙임성이 좋아 이 집 저
집을 돌아다니며 예쁨을 받던 고양이었다. 붓짱은 날마다 K의 집을
방문했는데, 남편이 암 투병을 하다 세상을 떠나 무척 힘들고 괴로웠던
시기에 붓짱이 슬픔을 달래주었다면서 K는 눈시울을 붉혔다고 했다.

　몇 년의 세월이 흘렀다. 내가 사는 구마모토 집에 운명처럼 새끼
고양이가 찾아왔다.

꼬리가 긴 얼룩 고양이였는데 흰색 종이나 수건을 주면 몹시
좋아했다. 괴팍하고 완고한 성미의 남편(지금은 전남편이지만)은
흰색을 좋아한다며 '시로(白, 흰색을 뜻하는 일본어)'라는 이름을
붙여주었다.

가족이 집을 비울 때는 동물병원에 맡겼는데 루이를 맡긴 티다
동물병원이었다. 시로를 데리러 가서 이름을 말하면, 늘 흰색
고양이를 데리고 나왔다. 내가 고개를 저으며 "시로는 하얗지
않아요"라고 말하면 이번에는 흰색에 반점이 섞인 고양이를 데리고
나왔다. 수의사가 엉뚱한 고양이들을 실어 나르는 와중에 내
목소리를 알아들은 시로가 냐옹, 냐옹, 하고 울어대곤 했다.

그러던 중 우리 부부 사이에 미세한 균열이 생기기 시작했다.
급기야 수습하지 못할 만큼 틈새가 커지고 깊어졌다. 막막한 절망과
끝없는 고독 속에서 몸부림치던 나는 현실을 도피하고픈 심정으로
방랑길에 올랐다.

여행길에서 돌아와 보니 시로가 보이지 않았다. 두 딸은 아무리
찾아도 시로가 보이지 않는다며 울먹였다. 백방으로 찾아보려
노력했으나 허사였다. 슬픔에 빠질 새도 없이, 나는 남편과 이별을
고하고 딸들과 캘리포니아행 비행기에 올랐다.

시로가 사라진 지 16년이 지났다. 지금의 남편과의 사이에서
태어난 막내딸 도메가 열여섯 살이다. 아직도 카노코와 사라코는

시로가 죽어서 도메로 환생한 게 틀림없다고 말한다.

그렇다. 나는 고양이를 키웠었다. 최근 14년 동안 개에게 푹
빠져서 까마득하게 잊고 있었지만. 이제 개에게 익숙해져서 고양이의
성격, 걸음걸이, 행동, 털의 특성, 안았을 때 감촉마저 낯설기만 하다.
그런데 카노코의 집에서 어슬렁거리는 고양이들을 보니 문득 오래된
기억이 떠올랐다.

카노코 집의 고양이들은 거실에 놓인 아기침대를 제집마냥
들락거렸다. 카노코 부부는 그때마다 엄하게 야단치며 쫓아냈는데,
사실 아기는 늘 부모 품에 안겨 있어 아기침대는 무용지물이나
마찬가지였다. 그러니 굳이 쫓아낼 필요도 없다.

그런데 이 상황을 유심히 관찰해보니 반전이 숨어 있었다.
감시하는 카노코 부부가 안 보이면 고양이들은 아기침대에 얼씬도
하지 않는 것이다. 그러니까, 아기침대에 기를 쓰고 들어가려는
행동은 카노코 부부에 대한 저항의 표시인 셈이었다. 다만
고양이들은 일사불란하게 행동하지 못하는 동물이라 제각각 게릴라
저항운동을 펼치는 중이었다. 한 마리 쫓아내면 또 다른 한 마리가
출현하는, 이른바 두더지잡기 놀이라고나 할까.

그중에서도 가장 영리하고 예민한 메트로놈은 집 안 여기저기
토를 하고 다니면서 저항 수위를 높여갔다. 내가 머물던 이틀 동안,
아기용품이 잔뜩 담긴 기저귀 가방과 손님용 침대에 토를 했다. 누가

봐도 부모의 관심을 아기에게 뺏긴 형제의 심술이 뻔했니.

의붓자식의 행패에 카노코 남편은 화가 머리끝까지 치밀었고
카노코만 중간에서 이러지도 저러지도 못하고 애를 태웠다.

그도 그럴 것이, 메트로놈은 카노코의 첫 번째 자식과도 같은
존재였다.

카노코는 틈 날 때마다 메트로놈을 돌보려고 했으나 도무지 그
틈이 생기질 않았다. 이런 카노코의 마음을 알 턱이 없는 메트로놈은
카노코가 아기에게 젖을 물리고 있으면 귀신처럼 나타나서 눈을
휘둥그레 벌리고 구슬프게 울어댔다. 보고 있으면 나조차도 애잔한
마음이 들 정도였다. 수유를 끝마치고 내가 아기를 넘겨받은 뒤에야
카노코가 메트로놈을 안고 다정하게 등을 쓰다듬었다. 메트로놈은
카노코의 배를 앞발로 부드럽게 비벼댔다. 아기 고양이가 엄마
고양이에게 젖을 달라고 보채기라도 하듯.

"참느라 힘들었지."

다정한 목소리로 카노코가 다독였다. 임신 중에는 행여나 배 속
아기에게 영향이 갈까 봐 제대로 안아주지도 못했다고 했다.

어릴 적부터 예민하고 감정 기복이 심했던 카노코는 대학을
졸업하고 동물 보호센터에서 오누이 아기 고양이(메트로놈과
트레몰로)를 데려와 키우기 시작했다.

"그땐 아마도 아이를 갖고 싶었나 봐."

카노코는 무심하게 말했는데 그녀의 불안과 변덕을 이해하지
못하는 바도 아니었다. 나 역시 그녀 나이 때 그랬으니까.

카노코는 직장과 거처를 여기저기 전전했다. 키우던 고양이들을
지인에게 맡기고 방황하기도 했다. 환경에 변화가 생길 때마다
메트로놈은 신경이 잔뜩 곤두서서 세 든 집 곳곳에 똥오줌을
싸지르고 여기저기 흠집을 내서 카노코를 곤혹스럽게 만들곤 했다.

나의 붓짱도 그랬다. 급박하게 변하는 환경(사는 곳도, 동거인도)
속에서 아기가 태어났고, 내 관심이 오롯이 아기에게 쏠리는 상황을
묵묵히 지켜보았다. 아기가 몸을 뒤집게 되자 붓짱은 그 옆에 앉아서
아기에게 등을 대고 몇 번이나 꼬리를 흔들었다. 줄넘기 줄을
흔들어대듯이. 아기는 눈앞에서 살랑살랑 흔들리는 꼬리를 잡으려고
손을 뻗었지만 번번이 실패했다. 그러자 고양이는 약을 올리듯이
계속 흔들어댔다. 아기가 자라서 꼬리를 잡을 수 있게 되자, 고양이는
아이 곁을 휙 떠나버렸다.

고양이의 질투를 받던 아기가 세월이 흘러 아기를 낳았다. 그리고
고양이는 다시 아기를 질투하고 있다.

카노코 부부가 키우는 개인 스위트피(이름과 달리 얼굴은 스위트와
한참 거리가 멀다)는 핏불 테리어 혼합견이다.

핏불 테리어는 삼백안(까만 눈동자 주변의 세 면에 흰자가 드러나는

눈)의 험악하게 생긴 건종이다. 본래 투견이라 주인이 제대로
통제하지 못하면 사나운 공격성을 표출해 끔찍한 인명 사고로
이어지기도 한다. 때문에 핏불을 키우는 것 자체를 아예 금지하는
지역 혹은 국가도 있다. 어떤 사람은 핏불을 데리고 미국의 어느
도시를 통과하려다가 불행히도 그 도시가 핏불 사육 금지 구역이었던
탓에 즉각 제지를 당했다고 한다. 개는 보호센터로 옮겨져 안락사를
당했다. 얼마 전에는 핏불 사육을 원칙적으로 금지하는 북
아일랜드에서 몰래 핏불을 키우던 견주가 발각되어 개가 안락사
되었다는 뉴스가 나오기도 했다.

카노코 남편은 몇 년 전에 보호센터에서 스위트피를 데리고 왔다.
그가 스위트피를 지극정성으로 돌보고 훈련시킨 덕택에 이제는
보호센터 출신 특유의 상처와 그늘이 조금도 느껴지지 않는다.
스위트피는 견주의 말에 완벽하게 따르는 의젓한 개로 거듭났지만
여전히 산책을 시킬 때는 주의를 기울였다. 스위트피가 지나가는
개들을 먼저 공격하는 일은 결단코 없지만, 세상물정 모르는
어리바리한 강아지가 리드 줄도 매지 않은 채 눈치 없이 달려들면
일촉즉발의 상황이 벌어질 수 있기 때문이었다. 가뜩이나 무섭고
험상궂은 외모 탓에 산책할 때도 사람들의 따가운 눈초리를 받는
형편에, 개싸움이라도 벌어진다면 무조건 핏불이 가해자로 오인 받을
게 불 보듯 뻔하다고 했다.

앞서 말했지만 스위티피는 잡종이다. 얼굴만 보면 핏불
판박이지만 하반신은 참으로 애매하기 그지없다. 얼핏 보면
그레이하운드와 닮았는데 작고 가녀린 몸집을 보면 이탈리안
그레이하운드에 가깝다. 몸이 가늘고 털이 짧으며 감정 표현이
솔직하고 낯을 가리지 않는다. 수시로 다리를 부들부들 떠는 건 겁이
많아서가 아니라 추위를 잘 타기 때문이리라.

그런데 암놈 이탈리안 그레이하운드와 수놈 핏불 테리어는 좀처럼
상상하기 힘든 조합이다. 워낙에 체력 차이가 천지차이라 짝짓기
자체가 무리일뿐더러 설령 급박한 상황 아래 어찌어찌 성사됐다
하더라도, 허약하기 이를 데 없는 암놈 이탈리안 그레이하운드가
핏불 테리어의 핏줄을 출산한다는 것은 애당초 불가능에 가깝다.
그렇다면 남은 조합은 하나뿐인데, 수놈이라도 약골로 유명한
이탈리안 그레이하운드가 덩치가 산만 한 암놈 핏불 테리어와 대체
어떤 사연으로 거사를 치르게 되었는지 참으로 불가사의한 일이다.

카노코는 "스위트피는 다케나 루이보다 멍청해"라고 딱 잘라
말했다. (이럴 때 니코는 쏙 빠진다)

"다케는 스스로 생각하고 행동을 결정해. 루이도 마찬가지야.
하지만 스위트피는 인간에게 모든 걸 의존해. 오로지 입력된 대로
인간의 행동에 반응할 뿐이야."

틀린 말은 아니다. 결정적으로 스위트피는 지배욕이라는 게 없다.

무리의 최하위 서열에 만족하면서 인간은 물론 고양이에게도 벌벌 기고 갖은 아양을 부리는 놈이다.

내가 고양이에게 과자를 주면 스위트피는 어느새 냄새를 맡고 나타나 나에게 엉겨 붙어 한바탕 난리를 피운다. "얌전히 있어"라고 말해도 부담스러운 애정 공세는 강도가 더해진다. 그 녀석에게 복잡한 심리 따위는 존재하지 않는다. 먹고 싶다, 기쁘다, 놀고 싶다, 오로지 이 세 가지 본능에 지배당한 채 살아간다.

카노코 집에서 지낼 당시 나는 밤마다 스위트피를 껴안고 잤다. 짧은 털의 다부진 몸통을 양팔로 가득 안으면 온몸에 따뜻한 온기가 고스란히 전해졌다. 냄새도 나지 않아 무척 기분이 좋았다. 내가 마음껏 만지고 쓰다듬어도 스위트피는 귀찮은 내색 하나 없이 꼬리를 살랑살랑 흔들었다. 개가 이처럼 무방비일 수 있다니. 다케나 루이도 이러진 않는다. 다케나 루이에 비해 지능이 떨어지는 니코조차 이 정도는 아니다. 흡사 개가 아닌 다른 생명체와 살을 맞대는 기분이었다. 나는 스위트피를 껴안으면서 종종 이런 생각을 하곤 했다. 혹시 너와 나는 전생에 어디선가 마주친 인연은 아니었을까.

간짱

간짱은 오클랜드 차이나타운에서 땡처리로 팔던 거북이다. 일명 '붉은 귀 거북'이라고 하는데 무척 앙증맞고 귀엽다. 처음에는 몇 마리 사왔는데 잇달아 죽어버리고 간짱만 남았다. 벌써 10년도 더 된 이야기다.

오랫동안 거북이를 키우면서도, 개와 달리 거북이의 타고난 성격에는 별로 관심이 없었다. 그런데 도메를 데리고 일본에 갔을 때, 구마모토 시립박물관을 구경 갔다가 간짱과 똑같이 생긴 거북이가 박제된 채 전시되어 있는 걸 발견했다. 심지어 일본의 침략적 외래종(외부에서 유입되어 자생종을 몰아내는 외래종) 워스트 100에 뽑혔다는 설명까지 있었다. 나중에 알아보니 미시시피 아카미미 거북(붉은 귀 거북의 미국 명칭)은 캘리포니아에서도 침략적 외래종으로 알려져 있었다. (미시시피 강은 캘리포니아에는 흐르지 않으니 외래종임은 당연하다)

부정적인 태생임을 알고 나는 다소 꺼림칙했지만, 카노코는 아랑곳없이 간짱을 소중히 키웠다. 답답하진 않을까 걱정되어 수조도 다시 크게 만들어주고, 겨울잠은 자는지, 겨울잠에서 깼는지, 등껍질에 물곰팡이는 없는지 세심하게

신경을 썼다. 애지중지 보살핀 덕분에 산짱은 금세 기노고이
발소리나 목소리를 인식했고 그녀가 보이면 유유히 다가와 먹이를
받아먹었다.

이제는 정이 들 대로 들어서 가족이나 마찬가지다. 평생 수조
속에서 살아갈 테니 생태계를 교란시킬 일은 없으리라. 참고로 붉은
귀 거북의 평균 수명은 30년에서 40년 사이라고 한다. 지금까지
살아온 세월을 따져보면 앞으로 2~30년이나 남은 셈이니 어쩌면
내가 먼저 세상을 하직할지도 모르겠다.

간짱, 부디 만수무강하시길.

Chapter 5

루이의 여행

나는 달렸다. 루이도 달렸다.
몇 번이나 루이의 리드 줄에 발이 엉켜 루이를 밟았다.
루이는 넘어져도 벌떡 일어났다.
나는 리드 줄을 단단히 잡아 쥐고
달리고 또 달려 수속 카운터에 도착했다.

 루이와
단둘이

7월 20일, 나는 구마모토에 도착했다. 당일에 바로 동물병원에 가서 루이를 데려오려고 했는데 D선생이 만류했다. 케이지 안에 루이가 변을 봐서 상태가 지저분하니 내일 말끔한 모습으로 만나는 게 좋겠다면서.

그리하여 다음 날, 샤워를 하고 뽀송뽀송해진 루이와 두 달 만에 재회했다. 내심 감격적인 가족 상봉의 장면을 기대한 나와 달리, 오랜만에 자유를 찾은 루이는 주변을 기웃거리며 코를 박고 킁킁거리기 바빴다. 여하튼 루이는 그렇게 내 품으로 돌아왔다. 그리고 구마모토 강기슭에 자리한 내 집에서 둘만의 생활이 시작되었다.

루이는 다케나 니코와 달랐다. 기본적으로 살아가는 방식에 차이가 있었다.

우리 집 개들은 주인이 부르면 온다. 기대감에 벅차서 있는 힘껏 달려 나온다. 우리 개들만 특별해서 그런 게 아니다. 그게 주인을 따르는 개들의 기본자세다. 그런데 루이는 아무리 불러도 무반응으로 일관한다. 처음에는 자기 이름이 루이인 줄 모르나 했다. 물론 이는 사실이 아님이 판명되었다. 결론을 말하자면, 루이는 삶에 대한

의욕과 에너지를 모두 상실해버린 주인과 오랫동안 살아온 나머지
자기 문제는 자기가 해결해야 함을 체득한 것이다.

예전에 본 동물 프로그램에서 개와 늑대의 차이를 실험한 적이
있다. 문제를 해결하는 데 어려움을 겪으면 개는 주인에게 도움을
요청하는 반면 늑대는 끝까지 자력으로 해결을 시도했다. 무기력한
주인에게 의지해봤자 소용없다는 사실을 깨달은 루이는 본의 아니게
늑대처럼 자생력이 키워진 셈이다.

그렇다고 루이를 늑대의 용모와 비슷하다고 여긴다면 곤란하다.
루이는 동글동글하고 말랑말랑하다. 간질병 후유증으로 입 밖으로 축
늘어진 혀만 없으면 곰 인형처럼 무척 귀여운 외모를 갖고 있다.
그렇다고 겉모습에 속아도 곤란하다. 동작이 둔하고 반응도 굼뜨지만
어리숙하고 순한 모습은 이미지에 불과하다. 루이는 그야말로 탐욕의
화신이다. 자신의 호기심과 목적을 위해서라면 물불 가리지 않는다.
주인의 의중 따위 알 바 아니다.

의자를 발판 삼아 식탁 위로 점프해 올라가 음식을 게걸스럽게
먹어치우는 행패도 수차례 목격했다. 조상이 늑대였을 때부터
유전자에 깊이 아로새겨진 본성, 그러니까 이번 기회가 아니면 언제
다시 배를 채우게 될지 모른다는 위기감이 발현되어 자기 몸뚱어리의
몇 배나 되는 식빵이나 과자(내 집의 식탁에는 그러한 먹거리뿐이다)를
허겁지겁 먹어치웠다. 그렇게 음식을 입 안에 쑤셔 넣은 뒤에는

남산만 한 배로 씩씩 숨을 쉬어대며 너부러져 있다가 줄기차게 똥을
싸댔다.

루이는 배변 욕구가 들면 때와 장소를 가리지 않고 곧바로
해치웠는데 이는 아무래도 파피용의 특징인 듯하다. 니코도 그
사실을 여지없이 증명하고 있다. 파피용은 다른 개에 비해 영역
표시나 용변 뒤처리가 영 제멋대로다.

구마모토에서 루이와 지내는 동안, 나는 루이의 똥오줌과
눈물겨운 사투를 벌였다.

내가 누군가. 10년 넘게 개를 키운 베테랑 견주가 아닌가. 집
안에서 개들이 어디에 용변을 볼지는 감으로 능히 파악해내는
경지다. 그런데 구마모토에서 체면을 제대로 구기고 말았다. 루이는
정말이지 예측이 불가능했다. 영역의 경계선과 아무 상관도 없어
보이는 엉뚱한 곳에서 몇 번이나 똥을 쌌다. 모르고 루이가 오줌 싼
곳을 밟은 적도 태반이었다. 오줌을 닦은 걸레를 욕실
양동이에 담가두었더니, 욕실 전체에 구린내가
진동했다. 새삼 아이들이 오줌 싼 이불을 욕실에서 빨던
기억이 났다.

더 이상 이렇게 살 수는 없었다. 획기적인 대안이
필요했다. 소변 지린내를 집 안에서 몰아내고자 나는
루이와의 산책에 목숨을 걸었다. 아침에 눈을 뜨자마자

루이를 데리고 밖에 나갔다. 아침을 먹은 뒤에 다시 나갔다. 낮에도
수시로 나갔다. 그리고 저녁에 오래 산책을 나갔다가 잠들기 전에
마지막으로 나갔다.

집 앞 도로를 건너면 둑길이 있다. 루이는 언제나 무성한 풀숲을
헤엄치듯 허우적대며 둑 위로 올라간다. 둑에 서면 구마모토를
흐르는 쓰보이 강의 유수지가 보이는데 푸른색 물감을 풀어놓은 듯
드넓은 풀밭 주위를 조그만 길이 둥글게 감싸고 그 양쪽으로 수수와
칡이 무성하게 뻗어 있다.

길 위를 걸으면서 우리는 가끔 곤충 사체와 개미 무리를 발견했다.
사체 주변이 홈이 파이듯 깎여 있고 그 주변에는 두둑하게 흙이 쌓여
있어서 처음에는 개미들이 무덤을 만드는 중인가 했다. 유심히
살펴보니 그것은 사체를 해체하는 작업이었다.

유수지의 물웅덩이에는 두꺼비도 있었는데, 사람을 봐도 놀라는
기색 하나 없이 바위처럼 웅크린 채 꼼짝도 하지 않았다. 모양이나
색이 참개구리와 비슷하다고 생각했는데 그러고 보니 두꺼비는
니혼히키가에루(ニホンヒキガエル, '가에루'는 개구리라는 뜻)가 아닌가.
일본에서는 두꺼비를 개구리에 속한 종으로 여기는 모양이다.

아버지가 죽은 날 아침에 나는 루이를 내 집에 데리고 왔다. 그
이후로 루이는 한 번도 아버지 집에 돌아간 적이 없다. 그 무렵 나와
루이는 매일같이 둑길을 걸었다.

4월 끝자락이었는데 꿩이 참 많았다. 30미터 간격으로 꿩들이
자리를 잡고 꿩, 꿩, 하고 울어댔다. 유수지 속 덤불에서는 수컷 꿩이
발돋움을 하며 날개를 퍼덕거렸다. 적막함 속에서 들려오는 꿩
울음소리에 귀가 따가울 지경이었다. 여기도 꿩꿩, 저기도 꿩꿩. 대체
몇 마리가 있는 건가. 이곳에 꿩이 이렇게 많은지 미처 몰랐다.
때마침 지나가는 사람이 "아무래도 번식 중인가 봐요" 하고 말했다.

7월 말경이 되자 꿩 울음소리가 잦아드는가 싶더니 어느 순간 더
이상 들리지 않았다. 못내 궁금하던 차에 며칠 뒤 덤불 속에서
붉은색이 어른거리는 것을 발견했다. 뭔가 싶어 유심히 보려는데
덜컥 그것과 시선이 마주쳤다. 수컷 꿩의 붉은 뺨이었다. 그 녀석은
'어쩌라고?' 하는 심드렁한 반응을 보여 흠칫 놀란 내가 도리어
무안해졌다.

꿩은 한 마리만이 아니었다. 이곳은 시민들이 별다른 규제 없이
유수지를 경작하고 있었는데, 7월 중순에 내린 소나기가 한바탕
이곳을 휩쓸고 지나간 뒤로 작물이 쑥쑥 고개를 쳐들기 시작했다.
유수지 밭을 쿡쿡 부리로 찌르는 새가 있어 오리인가 했더니 그것도
꿩이었다.

그때 저쪽에서 커다란 새가 푸드덕거리며 날아올랐다. 암놈
꿩이었다. 역시 4월은 그들의 번식기였던 모양이다. 꿩꿩, 하고 우는
소리는 사람들에 대한 경계의 표현 내지는 수컷의 힘을 과시하는

의미였던 것이다. 그러고 보니 확실히 그로부터 꿩들이 부쩍
많아졌다.

7월 막바지 무렵에는 꿩이 얌전해진 대신 개구리 번식기가
찾아왔다. 곳곳에서 개구리 우는 소리가 들끓었다. 휘파람새도
보였다. 제비도, 종달새도, 까마귀도 보였다. 둑 위로 수수들이 싹둑
잘렸다. 양미역취가 쑥쑥 자랐다. 부들 이삭이 단단해지고 초록빛을
띠었다. 모시풀은 곤충에게 먹혀 구멍이 숭숭 뚫렸다. 버들마편초가
새초롬하게 얼굴을 내밀었다.

4월만 해도 꽃이 한창이던 백단향 나무는 어느새 녹색으로 옷을
갈아입고 진한 그늘을 만들었다. 바람이 불어오면 가지에서 잎사귀가
우수수 떨어졌다. 털이 보송보송한 칡덩굴 잎사귀를 만지는 감촉이
무척 좋았다. 나는 루이가 똥을 쌀 때마다 크고 부드러운 칡덩굴
잎사귀를 꺾어서 똥을 감싼 다음 멀리 던졌다. 똥을 품은 잎사귀는
덤불 속으로 장렬히 전사했다. 딱 한 번 똥이 잎사귀 밖으로 탈출해
덤불 사이에 걸렸다. 내버려 두었다. 조만간 중력의 법칙에 따라
땅으로 돌아갈 테니.

루이는 내가 자기 똥으로 공놀이를 하든 말든 둑길 위를 유유자적
걸었다. 내가 시야에서 사라져도 다케나 니코처럼 당황하는 기색은
눈곱만치도 없었다. 예전에 너구리가 둑길 위를 걷는 모습을 본 적이
있다. 처음에는 산책하는 사람 뒤를 다소 멀찍이 따라서 걷고 있기에

개인 줄 알았는데 자세히 보니 너구리였다 그 사람은 뒤에서
너구리가 자기 뒤를 따라오는 줄은 꿈에도 모르는 눈치였다. 그러고
보니, 그때 너구리의 자못 심드렁하고 태평한 걸음걸이가 지금
루이와 꼭 닮았다.

언젠가, 주변에 사람이 없는 것을 확인하고 살그머니 루이의 리드
줄을 놓아보았다. 이제 알아서 따라오겠지. 아무리 그래도 루이는
너구리가 아니고 개가 아닌가.

루이와 나와의 거리는 점점 멀어졌고 이윽고 루이가 시야에서
사라졌다. 따라오겠지 기대하며 이제나 저제나 기다려도
함흥차사였다. 결국 나는 아이고, 내가 졌다, 하며 오던 길로
되돌아갔다. 루이가 어슬렁 둑을 내려가 좌우를 살펴보며 차가
없음을 확인하고는 길을 건너고 있었다. 그리고 길 맞은편의 집으로
느릿느릿 발걸음을 옮겼다. 루이는 더없이 무덤덤한 표정이었다.
마치 늘 그래 왔다는 듯이.

 루이의
여행

　드디어 루이를 미국으로 데려갈 만반의 준비를 갖추었다.

　오래전 미국에서 여의치 않은 상황으로 불법체류를 했다가 상당한 곤혹을 치른 적이 있다. 이로 인해 영주권 비자를 취득하는 데도 적잖은 고생을 했고, 종종 미국의 입국심사대에서 노골적인 범죄자 취급을 받곤 했다. 그래서 루이와 대장정을 앞두고는 하나의 실수도 없도록 주도면밀하게 준비했다.

　루이의 여행은 내 입장에서 보면 '이주'지만, 미국에서 보면 '유입'이고, 일본에서 보면 '유출'이었다. 다행히 광견병 없는 국가(일본)에서 광견병 발생국으로 개를 데려가는 것은 반대의 경우보다 훨씬 간단했다. 광견병 예방주사도 필수가 아니었다. 실은 이미 수년 전부터 루이는 광견병 예방주사를 맞히지 않았다. 간질병 치료약과 광견병 예방주사는 부작용이 따른다는 이야기를 듣고 걱정이 된 까닭이었다. 그러나 까다로운 검역관이 꼬투리를 잡고 늘어지면 '루이 이송 작전'이 도로 아미타불이 될 수 있기에 서둘러 맞혔다.

　저녁 비행기로 구마모토 공항에서 하네다 공항에 도착, 검역을 끝마치고 하네다 국제선에 체크인, 이튿날 이륙. 평소라면 LA

공항에서 환승해 집에서 가장 가까운 공항에 내리겠지만, 이번에는 특수한 경우인지라 딸들이 LA 공항까지 마중 나오기로 했다.

티다 동물병원 D선생의 도움을 받아 루이의 여행에 필요한 서류는 문제없이 준비했고, 일본 동물검역소에 예약을 하고 공항 이송용 케이지를 따로 구입해 소변 시트를 깔고 물통도 달고 이착륙에 대비한 신경안정제까지 처방받았다. 자화자찬 같지만 정말로 모든 준비가 완벽했다. 남은 건 루이와 비행기에 오르는 일뿐.

그러나 막판에 사고가 터지고야 말았다. 그럼 그렇지, 웬일로 일이 일사천리로 척척 풀리나 했다.

떠나기 직전까지 나는 원고 마감으로 정신이 없었다. 출발 당일엔 생각지도 못한 사람들이 줄줄이 찾아왔다. 당장 답장을 보내야 할 편지와 서명을 봉인해 되돌려 보낼 서류들이 가득했다. 은행과 우체국에도 가야 하고 동물병원에 들러 루이의 약도 받아야 했다. 아버지 집과 내 집을 정리하고 지인들과 작별 인사도 나누어야 했다. 시간에 쫓겨 허둥지둥 돌아다니던 중에 그만 다른 차를 쿵 박아버렸다. 경찰과 보험회사 직원을 부르고 일을 처리하느라 두 시간을 허비했다. 부랴부랴 짐을 싸고 집을 나왔다. 예정보다 20분 늦게 구마모토 공항의 렌터카 반환소에 도착했다. 구마모토에 올 때면 늘 이용하던 렌터카 지점이라 직원들은 모두 낯이 익었다.
사고가 나서 얼마나 놀라셨냐며 걱정해주는 직원과 이런저런 담소를
나누고 있는데, 뭔가 불길한 기운이 엄습했다.

루이의 이송용 케이지를 두고 온 것이다!

큰일 났다!

큰일 났다!

큰일 났다!

엄살이 아니라 이건 어마어마한 돌발 상황이다. 그게 없으면
루이는 비행기에 타지 못한다. 그렇다고 이제 와서 집에 가지러 갈
수도 없다. 안 그래도 탑승 20분 전 도착했는데, 아무리 소규모 지방
공항이라도 5분 전에는 체크인을 해야 비행기를 탈 수 있다.

눈앞이 캄캄해졌다. 나는 혼미해지는 정신을 필사적으로 붙잡으며
기름 값을 지불하고(반환소는 주유소도 겸하고 있다), 사고 벌금을
지불하고(렌트카 사고 시 2만 엔(약 18만 원)을 지불해야 하는 규정이 있다),
공항회사에 전화를 걸었다. 상담원에게 문의한 결과, 국내선은
케이지 대여가 가능하나 국제선은 불가능하다는 대답이 돌아왔다.
곧바로 도쿄에 사는 친구 A에게 전화를 걸어 연결이 되자마자
다짜고짜 "동물 이송용 케이지 사서 하네다 공항까지 와줘, 제발!"
하고 거의 울부짖듯이 사정했다. 고등학교 때부터 절친한 사이인 A는
이유를 물어보지도 않고 두말없이 오케이 했다. 천국과 지옥을 오간

순간이었나.

정신줄을 반쯤 놓은 상태에서도 기계적으로 일을 착착
진행해나가는 내 모습을 렌터카 직원이 멍하니 바라보고 있다가
사태가 해결되는 기미를 보이자 빌렸던 차에 나를 태우고 체크인
카운터에서 가장 가까운 곳까지 데려다주었다. (보통은 공항
끄트머리에 있는 렌터카 전용 장소에 내리게 되어 있다) 심지어 내려서
짐까지 함께 운반해주었다. 고마워서 눈물이 찔끔 났다.

나는 달렸다. 루이도 달렸다. 몇 번인가 루이의 리드 줄에 발이 엉켜
루이를 밟았다. 자유자재로 늘어났다 줄어들었다 하는 리드 줄을
최대한 당겼다. 루이는 넘어져도 벌떡 일어났다. 이럴 땐 제발 알아서
따라오면 좋으련만 루이에게 그런 일은 죽었다 깨도 불가능한 일. 나는
리드 줄을 단단히 잡아 쥐고 달리고 또 달려 수속 카운터에 도착했다.

그런데 그곳에서 또 다른 시련이 닥쳤다. 루이에게 먹일
신경안정제를 깜박한 것이다!

구마모토 이륙, 하네다 착륙, 하네다 이륙, LA 착륙. 네 번이나
이착륙을 하게 되면 루이가 상당히 스트레스를 받을 게 분명하다며
D선생이 처방해준 특제 안정제와 멀미약이었다.

"이 약을 구마모토에서 이륙하기 직전에 루이에게 먹이세요.
그러면 구름 위에 둥둥 떠 있는 것처럼 정신이 몽롱해져서 얌전히
있을 겁니다."

그런 약을 잊어버렸다는 것은 루이가 세징신으로 네 번의
이착륙을 겪어야 함을 뜻했다.

하네다로 향하는 비행기 속에서 얼마나 가슴을 졸였던지.
착륙하자마자 나는 빛의 속도로 뛰어갔다. 그런데 나의 걱정과 달리
하네다 공항에서 다시 만난 루이는 지극히 평범했다. 아무리 봐도
이착륙 스트레스로 괴로워한 흔적은 보이지 않았다. 나는 안도의
한숨을 쉬면서 리드 줄을 묶고 밖으로 나갔다.

저 멀리 따끈따끈한 이송용 케이지를 안고 있는 A가 보였다. 그녀
덕분에 정말이지 십년감수했다. 고마운 친구는 함께 짐도
운반해주었다. 이민가방 두 개에 작은 가방 두 개, 이송용 케이지와
여행은 처음인 개를 이끌고 우리는 버스를 타고 국제선에 내려서
조그만 등불이 켜진 검역소 건물까지 짐을 밀고 개를 이끌며 한없이
걸었다.

검역소는 조명이 꺼지고 문도 닫힌 채 예약 손님만 받고 있었다.
다행히 여자 수의사는 무척 다정하고 상냥했다. 수의사와는 일전에
전화로 통화를 한 적이 있었다. 빈틈없이 준비를 하던 중 하네다
검역소에 전화가 걸어 면접 예약을 잡았을 때 상대가 그녀였다.
수화기 너머로 차분하게 조곤조곤 필요한 절차를 설명하는 목소리를
들으면서 이번에야말로 신중하게 준비해서 완벽하게 루이 이송
작전을 성공하겠다며 불끈 의지를 불태우던 내 모습이 떠올랐다.

결과는 이 모양 이 꼴이 되고 말았지만.

그녀는 빙그레 웃으며 아무 문제없다고 고개를 끄덕였다. 그제야 그날 아침부터 겪은 긴장과 공포와 불안과 흥분이 눈 녹듯이 사라졌다.

"이건 비밀인데, 뒤편에 잔디밭이 있으니 가기 전에 소변을 누이고 가세요."

그녀는 친절하게 이렇게 덧붙였다.

나는 루이를 친구가 가져온 케이지에 밀어 넣고 국제선 카운터에 체크인을 하러 갔다.

"비행기 상공은 무척 춥지만 개가 있는 곳은 공기 조절 장치가 설치되어 있으니 염려 마십시오. 저도 개를 키우는 사람이라 걱정되는 마음은 충분히 이해합니다."

항공회사 직원이 쾌활하게 말했다. 견주 동료애가 빛을 발하는 순간이랄까. 보안 검색대에서 오케이 사인을 받은 나는 루이와 헤어졌다.

그 뒤로 열 몇 시간이 지났다. 비행기에 올라 기내에서 먹고 자고 영화 보고를 몇 번이나 반복한 뒤 미국에 도착해 여권 심사대도 무사통과했다. LA 공항 수화물 수취장에서 루이와 재회했다. 루이는 멀쩡했다. 신경안정제 없이 네 번의 이착륙을 경험한 것치고 너무도 멀쩡했다.

개를 데려와서인지 우리는 늘 통과하는 곳이 아닌 낯선 장소로

보내졌다. 나는 공항에서 경험했던 불쾌한 기억들이 떠오르면서
심장이 두근거리기 시작했다. 얼굴이 딱딱하게 굳고 검역대 직원의
질문에 대한 답변도 서툴렀다. 다행히 별 탈 없이 끝났다. 일본에서
수의사가 써준 서류 덕분이었다. 드디어, 루이는 마지막 관문을
무사히 통과했다. 브라보!

저 멀리 사라코와 도메가 보였다. 눈부신 캘리포니아 햇살 속에서
딸들이 루이를 따뜻하게 안았다. 루이는 킁킁거리며 아이들의 냄새를
맡더니 이내 함께 놀던 기억을 떠올리는 눈치였다. 할아버지와
엄마와 비슷한 냄새를 맡은 걸까. 긴장이 풀린 루이는 LA 공항의
푸르디푸른 잔디밭을 내달리기 시작했다.

우리는 차를 타고 한 시간 반 걸려 집에 도착했다.

역시나 다케는 불사신이었다. 3주 전보다 더 원기를 회복한
모습에 나는 내심 놀랐다. 일어서거나 걷는 일은 지금도 힘들어 개
침대에 앉아 있지만 고개도 들고
주변에 반응하고 자신의 의사도
희미하게나마 표현했다.
내가 돌아온 사실에
기뻐하는

기색이었지만 둔감해진 신경 탓인지 새로운 가족의 출현에 대해선
미처 눈치를 채지 못한 듯했다.

니코는 기쁨에 겨워 온몸이 부서져라 환영 인사를 하다가 루이를
발견하고는 순식간에 얼음이 됐다. 루이가 별 반응을 보이지 않으니
쭈뼛쭈뼛 다가가서 루이의 엉덩이에 코끝을 대고 킁킁 냄새를
맡았다. 탐색전을 마친 니코는 별 거부감 없이 루이를 받아주었다.

루이는 새로운 환경에 아무런 경계심도 보이지 않고 자기 집마냥
태평했다. 여기저기 냄새를 맡아대고 다케 근처도 태연하게
서성거렸다. 심지어 다케의 밥그릇 속에 얼굴을 파묻는 전대미문의
행동을 저지르는 바람에 주위 사람들을 기겁하게 만들기도 했다.

루이의 대범한 만행으로 다케는 그제야 새 식구의 존재를
알아차린 모양이었다. 어라? 집 안에 웬 낯선 녀석이 있다. 겁도 없이
내 영역을 침범하는 누군가가. 다케는 기막힌 하극상을 일으킨
루이를 향해 눈에 쌍심지를 켜고 사납게 으르렁거렸으나 루이는 이빨
빠진 늙은 호랑이의 투정 따위 내 알 바 아니라는 듯 초연한 모습으로
일관했다.

새로운 환경, 새로운 사람들과 개들 속에서 혼란을 느낄 법도
하건만 루이는 구마모토에 있을 때와 아무것도 달라진 게 없었다.

 임무 완료

새 식구를 들인 우리 집은 개 냄새가 한층 업그레이드되었다.

루이와 니코의 영역 표시로 화분 밑동에는 늘 누리끼리한 소변이 웅덩이를 이루고 있다. 집 안의 모서리 부분마다 지저분한 얼룩과 쾌쾌한 냄새가 났다. 몸이 쇠약해 멀리 못 나가는 다케는 위태로운 걸음걸이로 데크에 나가 하루에도 몇 번씩 소변을 봤다. 이에 뒤질세라 루이와 니코도 데코로 나가 소변 누기에 동참했다. 데크 문을 열면, 지린내가 코를 찔러 숨을 쉴 수가 없을 정도였다.

이대로 내버려 두다간 집 안에서 정상적인 호흡이 불가능할 것 같아 아침저녁으로 산책을 나갔다. 세 마리 모두 데려가기는 역부족이라 먼저 다케를 데리고 나갔다. 다케에게 가슴줄을 채우고 조마조마한 심정으로 계단을 내려가 밖에 나간 다음 쿠키를 살랑살랑 흔들면서 옆의 두 집 거리까지 걸었다. 이전에는 다케가 계단을 내려가게 하느라 산책을 하기도 전에 진이 다 빠졌는데 가슴줄을 채우니 한결 나아졌다. 덕지덕지 버팀줄을 몸에 단 다케는 흡사 마리오네트 인형 같았는데, 보기엔 불편해 보여도 마리오네트처럼 쉽게 움직이게 할 수 있다면 좋겠으나 이 또한 호락호락하지 않았다. 아무리 늙고 약해져도 내 힘으로 끌기엔 여전히 무거운 데다 다케도 의지가 있으므로 여기저기 방향을 틀며 탐색전을 벌였다.

간신히 산책을 마치고 집에 돌아오면 제일 먼저 다케에게 우유를
주었다. 우유를 받아먹는 의식이야말로 다케가 납덩이처럼 무거운
몸을 이끌고 꾸역꾸역 산책길에 오르는 이유였으니까.

다케가 우유 의식을 즐기는 사이에, 나는 파피용들(루이와 니코)을
데리고 다시 산책을 나갔다. 구마모토에서는 늘이고 줄이기가 가능한
리드 줄을 사용했지만 두 마리가 되면 있으나마나였다. 두 마리가
앞서거니 뒤서거니 하면서 때로는 스텝이 서로 꼬이고, 한 마리가
걸음을 멈추고 나무 밑동 언저리에 코를 박거나 소변을 보느라 리드
줄을 조절할 정신이 없었다.

두 마리를 산책시키느라 파김치가 된 내가 공원 벤치에
걸터앉으면, 기다렸다는 듯이 니코가 풀썩 뛰어오른다. 니코를 살살
쓰다듬어 준다. 그러면 루이가 나를 빤히 올려다본다. 그래, 너도
이리 오너라, 하고 루이도 안아 올려서 쓰다듬어 준다.
니코가 낑낑거린다. 다시 니코를 쓰다듬는다.
루이가 무언의 호소를 한다. 다시 루이를
쓰다듬는다. 니코가 보챈다. 다시 니코를
쓰다듬는다. 끝없는 도돌이표다.

루이가 니코처럼 내 무릎에 뛰어오르는
일은 감히 상상도 못할 일이다. 앉아,
기다려, 라는 말에는 모르쇠로 일관한다.

이름을 불러도 마찬가지다. 말귀를 알아듣지 못해서, 혹은 반항심 때문이 아니다. 그저 지금껏 그런 삶을 살아온 것이다. 언제나 같은 공간에서 아버지와 단둘이 살아왔다. 아버지는 아무것도 시키지 않았다. 늘 함께 있으니 부를 필요도 없었다. 루이는 아버지 옆에서 현실의 무게와 온기를 느끼게 해주는 본분에 충실했다.

아버지가 죽은 뒤로 루이는 나에게 의지하고 있다.

그런데 그 방식이 니코와 퍽 다르다. 남들 눈에는 의뭉스럽게 보일지도 모른다. 루이는 니코처럼 부산스럽게 애교를 떨지도, 앙탈을 부리지도 않는다. 그저 은근하게 자신의 무게를 나에게 안겨준다. 행여나 내가 몸을 빼면 그대로 철퍼덕 쓰러질 기세다. 실제로 루이의 무게를 지탱하지 못하고 균형을 잃는 바람에 루이가 발라당 자빠진 적도 여러 번이다.

루이가 뒤를 따라온다.

캘리포니아 집에 도착한 뒤로 모든 것이 낯설 텐데도 루이는 개의치 않고 우리 가족의 뒤를 따라다녔다. 그리고 한결같이 고요한 시선으로 우리를 올려다보았다. 아버지가 살아 계실 때도 그랬다. 아버지는 그런 루이를 바라보며 "루이야, 고개 안 아프냐" 하고 안쓰러워했었다.

사라코는 어디고 줄기차게 따라다니는 루이에게 질려버렸는지, 어느 날은 그 앞에 쭈그리고 앉아 루이의 불룩한 배를 살살 쓰다듬으며 이렇게 말했다.

　"루이야, 임무 완료니까 이젠 너 편할 대로 해도 돼."

　루이의 임무란 바로 할아버지를 호위하고 보살피는 일이다. 할아버지는 이제 없다. 임무는 완료되었다.

　이곳에서는 가족들이 따뜻하게 대해주고 맛있는 음식을 주고 산책도 시켜준다. 할아버지 생각은 전혀 나지 않는다. 그러나 할아버지와 함께 지낸 11년 세월의 무게가 너무도 크다. 오랫동안 할아버지의 뒤를 따라 걸었다. 할아버지가 사라진 지금도 누군가의 뒤를 졸졸 따라다니는 이유다. 상대는 할아버지가 아니지만 몸이 저절로 움직인다.

　지금은 잊고 있지만, 언젠가 할아버지가 돌아올지도 모른다. 할아버지가 돌아온다면 곧바로 기억을 떠올려야 한다. 내면에 아로새겨진 개의 마음이라는 놈에게 그러한 임무를 지시받았다.

　그러므로 루이는 오늘도 묵묵히 임무 수행 중이다.

 ## 간질병이
도지다

적막이 가득한 새벽녘, 잠결에 소리가 들려 부스스 눈을 떴다.
달빛이 어슴푸레 내려앉은 방 안에 발작하는 루이의 모습이 보였다.
사지를 쭉 뻗고 부들부들 경련을 일으키면서 벽에 쿵쿵 몸을
부딪치고 있었다.

드디어 올 것이 왔구나.

루이가 간질병을 앓고 있다는 사실은 아버지에게 들어 알고
있었다. 루이가 발작을 일으킬 적마다 아버지는 저러다 루이가 죽는
건 아닌가 싶어 계속 몸을 쓰다듬어 주었다는 말도 했다.

나는 직접 발작하는 루이의 모습을 보기 전에는 심각성을 그다지
인식하지 못했다. 처음으로 목격한 건 어머니가 죽고 며칠 뒤였다.
머리칼이 쭈뼛 설 만큼 섬뜩했다. 몸을 부들부들 떠는 루이의 모습을
보니 마치 영화에서 귀신에게 빙의되는 장면이 떠올랐다.

발작 증세는 그 뒤로 몇 번 더 일어났다. 한밤중에 내 옆에서 자던
루이가 경련을 일으킨 적도 있다. 아버지 장례를 치르고 잠시 내
집에서 함께 지내던 때 생긴 일이다. 루이는 20분가량 격렬하게 몸을
떨다가 멈추고는 갑자기 벌떡 일어났다. 침과 오줌으로 범벅이 된
침대에는 축축하고 비릿한 냄새가 진동했고 루이는 온몸의 기운이

죄다 빠져나간 유령 같은 모습이었다.

루이는 발작이 끝나고 나면 왜인지 자꾸
비좁은 공간에 들어가려 했다. 텔레비전 뒤에 억지로
들어가서 코드 줄이 뒤엉키고 물건이 마구 떨어졌다. 정원에
내려가 덤불 아래 숨어버린 채 한참을 있기도 했다. 걱정이 된 나는
아버지 집에 틈새란 틈새는 전부 막아버리고 덤불 아래에도 들어가지
못하게 나뭇가지로 공간을 메워버렸다.

아버지도 루이의 발작을 겪은 뒤로는 나에게 투정 아닌 투정을
부렸다.

"아무리 루이를 불러도 꼼짝도 안 해. 덤불 아래 들어간 루이를
억지로 잡아당겨서 가까스로 안으로 데려오는데 어찌나
힘들던지……. 아이고, 이러다 내가 먼저 죽겠다."

몸 상태가 악화되어 거동이 불편해진 아버지는 더 이상 루이를
찾아다니지도, 안아주지도 못했다. 아버지가 할 수 있는 일이란 계속
쓰다듬는 일뿐이었다.

좁은 곳에 들어박히는 행동은 간질을 앓는 개들의 공통적인
증상이라고 했다. 내가 아무리 설명해줘도 아버지는 마음을 놓지
않고 루이가 경련을 일으킬 적마다 나에게 전화를 걸었다. 아버지는
불안했던 것이다. 숨이 넘어갈 듯 경련을 일으키는 루이를 보면서
저대로 숨이 멎으면 어떡하나, 그래서 나 혼자 외톨이가 되면

어떡하나, 하는 불안감 때문에 견딜 수가 없었던 것이다.

다행히 이번 발작은 1~2분 만에 잠잠해졌다. 정신을 차린 루이는 조용히 아래층으로 내려갔다. 나는 얼른 뒤따라 내려갔다. 루이는 예전처럼 좁은 곳에 숨어 있지 않았다. 루이를 안아 올려 식탁 의자에 앉았다. 웬일인지 잠자코 안겨 있었다.

얼마나 지났을까. 이윽고 루이가 슬며시 아래로 내려갔고 나는 다시 내 방으로 올라갔다.

다케는 자고 있었다. 이제 내 인기척에도 눈 하나 깜짝하지 않는다. 컴퓨터 화면 하단의 시계는 19시 5분. 내 컴퓨터는 일본 시간에 맞추어져 있다. 언제든지 아버지가 지금 무엇을 하는지 알 수 있도록. 아버지는 이미 세상을 떠났지만 나는 시간을 고치지 않았다.

오랫동안 홀로 루이의 발작을 고통스럽게 지켜보았을 아버지. 휘청거리는 걸음으로 베란다로 나가 차가운 정원에서 루이를 찾아다녔을 아버지. 죽을힘을 다해 루이를 안아 집 안으로 데려왔을 아버지. 왜 좀 더 곁에 있으면서 아버지의 슬픔과 불안을 함께 나누지 못했을까.

후회와 자책감이 내 마음을 짓눌렀다. 루이가 나에게 안겨주는 삶의 무게감과는 비교도 할 수 없을 만치 무겁고 또 무겁게.

Chapter 6

다케의 마지막 사랑

눈에 띄게 수척해진 다케는 앙상한 엉덩이뼈가 드러나고
털은 제멋대로 뒤엉켜 있는 등 꼴이 말이 아니었다.
그럼에도 고장 난 귀와 코로 내 목소리를 듣고 냄새를 맡아서
휘청거리는 발걸음으로 나를 맞이하러 나온 것이었다.

 다케
수발들기

먼 여행길에 올랐다.

방랑자처럼 타국을 다니던 중, 남편과 딸들에게 메일이 도착했다. 다케의 몸 상태가 심상치 않다. 오래 버티지 못할 것 같다는 내용이 줄줄이 적혀 있었다. 고민 없이 짐을 쌌다.

오랜만에 돌아온 집 앞에서 심호흡을 하고 조심스레 문을 열었다. '그동안 줄곧 문 앞에서 기다렸어요' 라는 표정의 니코와 '그동안 엄마에 대해 깜박 잊고 있었는데 엄마를 보는 순간 전부 기억났어요' 라는 표정의 루이. '어서 오세요!' 라고 하이 톤 인사를 건네는 삐짱까지.

다케는 보이지 않았다. 드디어 올 것이 왔구나, 하면서 숨을 가다듬는 찰나, 발톱으로 바닥을 긁는 소리가 들려왔다. 다케였다.

눈에 띄게 수척해진 다케는 앙상한 엉덩이뼈가 드러나고 털은 제멋대로 뒤엉켜 있는 등 꼴이 말이 아니었다. 그럼에도 고장 난 귀와 코로 내 목소리를 듣고 냄새를 맡아서 휘청거리는 발걸음으로 나를 맞이하러 나온 것이었다. 다케는 몰라보게 늙어버렸다.

그러나 나를 더 놀라게 한 것은 집 안의 상태였다. 인간이 동물을 키우는 게 아니라 동물의 소굴 속에 인간이 더부살이를 하는 듯한,

그야말로 대단한 난장판을 연출하고 있었다.

무엇보다 냄새가 참을 수 없이 고약했다. 데크로 이어진 문은 날마다 열어두었는지 똥과 오줌으로 발 디딜 틈이 없었다. 쇼핑백에도 똥이 산더미였다. 내가 한 달가량 집을 비웠음을 생각하면 집 밖으로 치우긴 한 모양이었다. 가족들이 나 몰라라 했다면 집 안에 굴러다니는 똥의 몇 곱절은 더한 양이 쌓여 있어야 마땅했다. 오줌이 마르면 냄새는 더 강해지는데 똥은 반대로 냄새가 더 약해진다. 그나마 다행이라고 여겨나 하나.

집 안 곳곳에는 요가용 매트가 깔려 있었다. 반질반질한 마루에 다케가 자주 미끄러지는 탓에 미끄럼 방지용으로 곳곳에 깔아놓은 것이었다. 자주색과 녹색의 촌스러운 조합이 도드라지는 매트는 만든 사람이 동양적인 이미지를 강조하겠다고 대나무와 연꽃 따위를 그려 넣어서 실로 조잡하기 이를 데 없었다. 뭐, 그건 좋다. 다케가 안전하게 걸을 수만 있다면 그깟 인테리어가 대수랴.

문제는 니코와 루이가 이것을 소변용 매트로 착각한다는 것이었다. 덕분에 매트는 얼마 안 가 똥오줌으로 얼룩지고 지린내가 진동하는 용변용 매트로 전락했다. 미끄럼 방지용임을 제대로 인지하는 다케도 거동이 불편해 밖에 나가기 여의치 않으면 그 위에서 종종 실수를 했다.

거듭 말하지만 다케는 요가매트가 미끄럼 방지용임을 제대로 숙지하고 있다. 그래서 마루에서 미끄러지는 일이 없도록 조심조심 매트와 매트 사이를 건너뛰었다. 매트 끄트머리에 오면 걸음을 멈추고 신중하게 다음 매트까지 거리를 짐작한 다음 결연한 표정으로 힘차게 뜀박질을 했다. 벼랑 끝에 몰린 사람이 혼신의 힘을 다해 맞은편 벼랑으로 건너뛰려는 듯이.

그러나 안타깝게도 다케는 백발백중 나자빠졌다. 모처럼 다케가 미끄러지지 않도록 매트를 깔아줬건만 결과는 비참했다. 발라당 뒤집어졌을 때 다케의 곤혹스럽고 풀 죽은 표정, 볼품없이 허우적거리는 모습은 죽기 전 아버지의 모습과 판박이였다. 아버지의 영혼이 다케의 몸에 들어간 게 아닐까 싶을 만큼. 나는 얼른 뛰어가 다케의 허리를 양팔로 안아 일으켰다.

아버지가 세상을 뜨기 전 이틀 동안, 나는 몇 번이고 아버지를 안아 일으켰다. 그때는 아버지가 곧 죽을 거라고는 꿈에도 생각지 못했기에 그저 무덤덤했다. 안쓰럽지도 슬프지도 않았다. 지금 와 후회해도 부질없다는 걸 알지만, 나는 돌아가신 아버지에 대한 회한의 마음을 담아 다케를 일으켜준다.

때때로 다케의 윗몸과 뒷발이 서로 반대 방향으로 뒤틀려 있을 때가 있다. 한눈에도 퍽 불편해 보이는데 기력이 떨어져 둔해진 건지 별다른 반응이 없다. 보다 못한 내가 가슴줄과 허리 살을 붙잡아 영차 하고 방향을 바꿔준다.

이 또한 낯설지 않은 풍경이다. 어머니를 휠체어에 앉히고
화장실이나 차로 이동시킬 때 이 동작을 여러 번 반복했었다. 다만
다케처럼 허리를 안아 올리면 자꾸 미끄러져서 어머니가 입은 바지와
팬티를 양손으로 단단히 붙잡은 다음 들어 올렸다. 그럴 때면 두터운
면 팬티가 끝도 없이 밀려나와서 혹시 바지 아래까지 팬티를 입고
있나 궁금해지기도 했다.

다케의 허리 살가죽은 어머니의 헐렁한 팬티처럼 하염없이
늘어졌다. 살가죽을 옷처럼 뒤집어쓴 게 아닐까 의심될 만큼.

집으로 돌아오고 며칠이 지났을 때, 다케가 앉은 채로 오줌을 싸는
모습을 목격했다. 나는 잠시 할 말을 잃었다. 드디어 갈 때까지
가는구나. 다케는 노화의 단계를 한 발짝 더 나아간 것이다.

똥은 늘 앉은 채로 누었지만 오줌을 앉아서 눈 적은 이제껏 한
번도 없었다. 망연자실한 내 표정과 달리 정작 다케는 무덤덤했다.
이상하다. 눈치를 못 챌 리가 없는데. 저렇게 아랫도리를 바들바들
떨고 있지 않은가.

설마……

나도 모르게 입에서 탄식이 터져 나왔다. 그렇다. 다케는 최선을
다해 연기를 하고 있었다. 아무렇지도 않은 것처럼. 얼른 아래를
닦아주고 싶었지만 혼신의 힘을 다해 태연한 척하는 다케에게 그건
못할 짓이었다. 쾌쾌한 소변 냄새보다 다케의 자존심을 지켜주는 게

먼저였다.

하지만 이처럼 개들을 인격적으로 대하는 나도 설사 앞에서는 속수무책이었다.

설사처럼 뒤처리가 고생스러운 것도 없었다. 냄새도 싫고 감촉도 싫다. 설사똥은 뜨끈뜨끈하다 시간이 지나면 식어버린다. 아무리 질색을 해도 결국 뒤처리는 내 몫이다. 설사똥은 소변이나 똥보다 처리하는 데 훨씬 많은 체력이 소모된다.

얼마 전부터 다케에게 같은 것만 먹이기 시작했다. 말린 음식에 애견용 통조림을 곁들이고 그 위에 익힌 닭고기를 살짝 뿌려준다. 음식 상표나 양은 늘 같다. 먹는 음식이 항상 똑같기 때문에 다케의 건강에 조그만 이상이 생겨도 다른 변수가 있음을 곧바로 눈치챌 수 있다.

다케는 그 무렵부터 밥 먹자, 하고 부르러 가지 않으면 내 방에서 한 발짝도 나오지 않았다. 젊었을 때 상상도 못할 일이었다. 내가 주방에 있으면 다케는 거실에 놓인 개 침대에서 물끄러미 주방 쪽을 바라보았다. 엎드려 있어도 호출을 받으면 총알같이 달려올 수 있도록 다리 근육이 미세하게 위로 올라가 있었다. 내가 부르면 소리를 듣는 동시에 주방으로 돌진하곤 했다.

케이크 재료를 섞거나 생크림을 바르고 있으면 다케는 임무를 지시받은 우수한 군견처럼 내 뒤에 각을 잡고 앉았다. 재료가

들러붙은 베이킹 접시를 건네면 눈 깜짝할 사이에 핥이 먹고
반짝반짝 텅 빈 접시를 내밀었다. 덕분에 음식물쓰레기 양이
절반으로 줄었다. 꽁치 머리, 연어 껍질, 쇠고기 뼈다귀도 깨끗이
해치웠다. 사과 심지나 배 껍질도, 심지어 개에게 주지 말라고 하는
포도에도 환장했다. 그렇게 먹고 나면 때때로 설사를 했다. (저먼
셰퍼드는 다른 개들에 비해 위장이 약한 편이다)

예전처럼 주는 족족 먹지도 않는데, 요즘 다케는 자꾸 집 안이나
내 방에서 설사를 한다. 아무리 하해와 같은 사랑으로 돌본다 해도
설사 뒤처리는 너무 힘들다. 그래서 날마다 다케의 설사 횟수를
줄이는 방법을 강구하는 중이다.

다케를 데리러 가지 않으면 방에 틀어박혀 있지만 일단 데리고
나오면 먹긴 잘 먹는다. 늘 같은 건조식품과 통조림 메뉴지만 다케는
불만 없이 열심히 먹는다. 우적우적 잘도 먹는다. 그래서 날마다 좋은
변을 본다. 그러고 나서 쿨쿨 잔다.

나는 가끔 미치도록 먹고 싶은 음식이 있다.
도쿄 단골집에서 파는 장어와 메밀국수,
크림빵과 화과자가 그것이다. 단순한
식욕이라기보다 동경 혹은 갈망에
가깝다.
아버지도 그랬다. 아버지가 죽기 전 몇

년간은 텔레비전 앞에 앉아 맛집 탐방 프로그램이나 음식 광고를 보면서 "저거 맛있겠다" 하고 입맛을 다시며 중얼거리는 걸로 대부분의 시간을 보냈다. 구마모토에 갈 때마다 아버지는 타코야키나 야키소바, 이것저것 싸구려 주전부리를 사오라고 부탁했다. 그것은 아버지가 아직 살아 있음을 느끼게 해주고 앞으로 더 살고 싶다는 갈망을 보여주는 유일한 반증이었다.

　매번 맛도 없는 건조음식에 통조림을 섞어주면서, 나는 부디 개에게는 그런 갈망이 없기를 바라고 또 바란다. 다케가 꽁치 머리나 쇠고기 뼈다귀, 접시에 묻은 케이크 재료를 제발 떠올리지 않기를.

다케는 못 말리는 남성우월주의자

무리 동물인 개는 자기들 세계에서 서열을 확실하게 나눈다. 민주주의 따위 알 바 아니다. 정의는 언제나 강한 자 편이다. 정의로운 사회 구현을 위해 힘쓰는 사람들이 개들의 세계를 보면 낙심천만할 일이겠지만.

그것만이 아니다. 성차별 의식도 뿌리 깊다. 21세기에 이게 웬 말인가 싶지만 사실이다.

오스트리아 동물학자인 콘라트 로렌츠는 "개는 암놈이 최고다"라고 했다. 영국의 동물학자 데즈먼드 모리스, 미국의 동물학자 어니스트 톰슨 시튼도 비슷한 말을 했다. 다케를 낳은 엄마개의 주인, 그러니까 다케의 친정 할아버지 격인 M도 "개를 키운다면 암놈을 키워야 한다. 암놈이 수놈보다 훨씬 똑똑하고 충직하다"라고 했다.

그런데 다케와 10년 이상 살아오면서 나는 "암놈이 최고다"라는 그들의 발언에 강한 의문을 품게 되었다. 내가 보기에 이 말은 발언자가 남자이기에 가능했던 것 같다. 비록 다른 종족이지만 수놈은 암놈이 본능적으로 사랑스럽기 마련이니 예의범절도 가르치기 쉽고 주인으로서 절대적인 애정과 충성을 받았을 거란

.

애기다. 암캐는 남녀평등이고 나발이고 오로지 '남자는 강하다, 고로 남자는 우월하다' 라는 명제를 굳게 믿는 생명체니까.

다케는 강하다. 수놈들을 거뜬히 눈앞에서 쫓아버린다. 다케에 비하면, 형제 격인 니코는 얼마나 약해빠진 존재인가. 산책 도중에 만나는 동네 개들은 다케를 보면 백이면 백 꼬랑지를 내린다. 그런데 그토록 늠름하고 강한 다케가, 인간 수놈을 보면 납작 엎드린 채 꼬리를 흔들어댄다.

어쩌다 한두 번이 아니다. 다케는 수차례 인간 남자들에게 들러붙어 낯 뜨거운 아양을 떨어댔다. 처음에는 자기보다 강한 상대 앞에서 더없이 비굴하게 구는 다케의 모습에 마치 내가 그런 것처럼 화가 치밀었다. 그런데 가만 보니, 철저한 약육강식이 지배하는 개들 세계의 분위기와는 무언가 좀 달랐다. 뭐랄까, 수놈에 대한 뜨거운 애정을 주체할 수 없는 느낌이랄까. 상대가 원하면 당장 결혼식이라도 올릴 태세였다.

다케에게는 남동생이 하나 있다. 어릴 때는 곰처럼 둥글둥글하고 얼굴이 큰 천진난만한 강아지였는데 성견이 된 뒤로는 다케의 1.5배만큼 덩치가 부풀었다. 인간으로 치면 떡 벌어진 어깨의 단단한 근육질 남자 같았다. 바람을 가르는 당당한 걸음걸이로 거리를 활보하다 탄탄한 넓적다리를 올리고 거대한 고환을 흔들며 폭포수 같은 소변 줄기를 뿜어대면, 지나가는 개들은 너 나 할 것 없이 꼬리를 말고 비실비실 도망가기 일쑤였다. 그야말로 무적이었다.

그런데 이런 터프가이가 제 누이 앞에서는 형편없을 만큼 쪼그라들었다. 가끔 우리 집에 놀러올 때면 마중 나온 누이와 코를 맞대며 남다른 우애를 과시했는데, 남동생이 집 안에 들어가려 하자 누이는 야멸차게 영역 밖으로 쫓아내버렸다.

영역 밖이란, 다케가 보기에 '오줌을 싸도 좋은 장소'를 말한다. 지금이야 여기저기 오줌을 질질 흘리고 다니지만, 당시엔 집 안에서 소변을 누는 일 따위 저면 셰퍼드의 명예를 걸고 감히 상상도 할 수 없는 일이었다. 그래서 한 단계 높이가 낮은 아트리움(현대식 건물 중앙 높은 곳에 보통 유리로 지붕을 한 넓은 공간)의 타일 바닥에서 볼일을 보았다. 지금도 기운이 있을 때는 거기까지 가서 소변을 본다.

누이의 꾸짖음에 이내 자신의 신분을 깨달은 남동생은 흡사 일본집 토방(집 안에 바닥 면을 흙으로 깔아 만든 공간) 같은 아트리움에서 주저앉아 '나도 위에 올라갈래요' 하고 우람한 덩치에 어울리지 않는 처량맞은 울음소리를 냈다. 누이는 한 계단 높은 거실에 서서 눈알을 잔뜩 번뜩이며 피붙이의 눈물겨운 호소를 끝까지 모른 척했다.

솔직히 고백하건대, 지금껏 내가 다케와 지낸 세월은 사활을 건 권력 투쟁의 연속이었다. 우리 집에서는 사라코와 내가 다케보다 절대적으로 서열이 높다. 우리가 그 자리에 오르기까지 얼마나 피나는 노력을 했는지 모른다.

다케가 어릴 적부터 우리는 날마다 단호하게 서열 관계를
세뇌시켰다. 명령은 우리 몫, 복종은 너의 몫. 집에 들어갈 때도
우리가 먼저, 다케는 그 다음. 음식을 먹을 때도 우리가 먼저, 다케는
그 다음. 밖에 다닐 때도 우리가 먼저, 다케는 그 다음. 다케는 앞서
가는 우리를 주시하면서 왼쪽 뒤에서 따라와야 했다. 고분고분 말을
잘 들으면 "이제 됐어" 하고 말했다. 자유의 신호였다. 다케는 그
말을 듣자마자 얼씨구나 하고 천방지축으로 활개를 쳤다. 우리가
다음 명령을 내뱉으면 황홀한 자유는 신기루처럼 사라져버렸지만.

우리는 다케보다 강하다. 우리는 다케를 사랑하지만, 다케가
주제도 모르고 하극상을 벌이면 한 치의 자비도 없이 단호하게
대했다.

한번은 이런 일이 있었다. 어느 날 집에 찾아온 손님이 다케를
쓰다듬으려고 했더니 다케가 감히 어딜, 하면서 날카로운 이빨을
드러냈다. 우리 집에 종종 놀러 오는 옆집 사는 이웃이라 낯이 익을
만한데도 다케는 그를 도둑 취급하며 노골적인 적대감을 표출했다.
민망해진 그는 엉거주춤한 자세로 다케에게 애견쿠키를 내밀면서
진정시키려고 했지만, 결과적으로 엄청난 자충수가 되고 말았다.
상대방의 공포감을 영리한 다케가 모를 리 없었다. 낯선 자와의
탐색전에서 우위를 선점한 다케는 짜증인지 장난기가 발동했는지

모르겠으나, 상대를 잡아먹을 듯이 설치며 표독스럽게 짖어대기 시작했다.

무서우면 그냥 가만히 있으면 되는 것을. 그가 자신이 결코 나쁜 사람이 아님을 증명할 태세로 다케를 쓰다듬으려고 손을 내민 순간, 다케가 컹, 하고 으르렁대며 달려들었다. 상대는 간발의 차로 손을 피했으나 자칫 험악한 상황이 연출될 순간이었다.

나는 잽싸게 달려가 다케의 양발을 단단히 붙잡고는 몸 전체를 뒤집어 배를 드러내게 하고 눕혔다. 그러고는 손가락으로 콧등을 쿡쿡 찌르면서 낮은 목소리로 다케를 꾸짖었다. 무려 40킬로그램에 육박하는 다케의 몸뚱이를 한 바퀴 돌릴 수 있는 사람은 사라코와 나뿐이었다. 다케가 우리 말을 순순히 듣는 이유가 여기에 있었다.

그런데 컹, 하고 돌진하는 순간 다케의 얼굴은 히죽 웃고 있었다. 나는 영 댁이 맘에 들지 않으니 그냥 재미로 한번 겁 좀 줘볼까, 하는 심산 같았다. 영악하게도 다케는 다른 개들에게서는 보기 드문 짓궂은 심술을 부리는 재주가 있었다.

노력하지 않으면 복종하게 만들 수 없다. 서열싸움에서 진 쪽은 이긴 쪽을 따라야 한다. 나는 다케를 키우면서 이를 굳게 믿고 실천했다.

그런데 개를 관찰하던 중, 어떤 남자들에게는 그런 노력이 조금도 필요치 않다는 사실을 알게 되었다. 몇 명의 남자들이 나에게 "개를

군이 훈련할 필요 없다. 그저 귀여워해주면 자연스럽게 따른다"고
조언을 했던 것이다. 다케가 갱년기를 맞이한 뒤부터 이러한 주장이
꽤나 설득력을 얻기 시작했다. 다케가 남자에게 교태를 부리기
시작한 것이다. 상대는 다름 아닌 다케의 엄마를 키우는 주인 M.

M은 다케의 엄마에게 헌신적인 사랑과 충성을 한 몸에 받고
있었다. 그녀는 자기 주인에게서 한시도 떨어지지 않고 주변을
맴돌며 애정 가득한 눈길로 그를 바라보았다. M은 다른 이들에게
자신의 개를 '내 아내 같은 존재'라고 소개했다. 그녀는 몸 둘 바를
모르겠다는 듯 남편의 다리에 찰싹 매달렸고, 남편은 그런 아내가
사랑스러워 죽겠다는 듯이 다정하게 쓰다듬는 것이었다.

이 부부 사이에서 태어난 아이가 다케입니다, 라고 소개할 수
없음이 더없이 안타까울 따름이다. 유감스럽게도 그는 인간 여자와
결혼해 인간 아기를 낳았고, 그녀는 수캐와 눈이 맞아 다케를
임신했다. 모 경찰서에서 순찰견으로 파트타임 일을 할 때
경찰서장이 키우던 저먼 셰퍼드와 눈이 맞았다고 했다.

어느 날 M과 호적상 부인이 우리 집에 놀러왔다. 우리가 음식을
먹고 수다를 떠는 동안 다케의 남동생은 낙동강 오리알 신세를 면치
못하고 아트리움에 쫓겨나 있었고 다케는 방에 놓인 애견용 침대에
평화롭게 앉아 있었다.

그때였다. 갑자기 다케가 벌떡 일어나 종종걸음으로 M에게

다가왔다. 그러고는 그의 다리에 온몸을 비비면서 그윽한 눈빛으로 올려다보았다. 누가 봐도 한눈에 반한 모습이었다. 다케의 돌발 행동은 그녀의 엄마가 M에게 했던 애교 넘치는 행동과 한 치의 다름이 없었다. 다케의 엄마가 몇 년 전 세상을 떴기에, 한 남자를 둘러싼 모녀간의 피 튀기는 사투 따위의 막장 드라마는 벌어지지 않았다. M은 다케의 엄마가 떠올랐는지, 빙그레 웃음을 지으며 다케의 가슴팍을 부드럽게 쓰다듬어 주었다. 그랬더니 다케는 희열에 못 이겨 몸을 부르르 떠는 것이었다.

평소에 다케가 불안을 느끼면 내 발치에 엉덩이를 올려놓고 앉았다. 막무가내로 자기 몸뚱이를 내 발에 들이미는 일도 있었다. 마치 어린아이가 '엄마, 무서워요' 하고 징징거리며 내 스커트 끝자락을 꼭 쥐는 기분이 들어 무척 귀여웠다. 그런데 이렇게 이성을 유혹하는 암컷의 교태를 부린 적은 결단코 단 한 번도 없었다.

단단한 근육의 소유자인 M은 인간 여자인 내가 봐도 매력적인 남자였다. 강하고 똑똑하고 우람하고 근사했다. 암캐가 저돌적으로 애정 표현을 하는 것도 무리가 아니었다.

다케는 사라코의 남자친구에게도 그런 행동을 한 적이 있다. 그 역시 강하고 똑똑하고 우람하고 근사했다. 거기다 젊기까지 했으니 오죽하랴. 거기까지는 이해할 수 있었다. 그러나 다케가 내 남편에게도 그랬을 때는 적잖이 놀랐다. 늙고 까칠하며 심지어 개라면 인상부터 퍽퍽 쓰는 남자가 아닌가.

　오랫동안 남편과 다케는 서로에게 무심한 채 살아왔다. 그런데 노년기에 진입한 다케는 언제부턴가 부쩍 남편에게 들이대기 시작했다. 자주는 아니지만 주기적으로 그랬다. 아무리 개를 싫어해도 남편은 남자다. 종이 달라도 암컷이 자신에게 교태를 부린다는 정도는 알아차린다. 그것이 싫지는 않은지 그는 어색한 손놀림으로 다케를 쓰다듬곤 했다.

　기가 막힐 노릇이었다. 지금까지 누가 너를 지극정성으로 돌봐줬는데! 누가 네 똥오줌을 받아줬는데! 울화통이 터졌다. 억울하고 분해서 눈물이 날 것 같았다.

　이런 행위는 개가 상하 관계를 확인할 때도 이루어졌다. 예전에 카나코가 오랜만에 집에 돌아왔을 때 다케에게 낯 뜨거운 짓을 당한 적이 있다. 처음엔 이게 뭔가 싶어 잠시 어리둥절하던 딸은 이것이 개의 교미 행위임을 파악하고는 앙칼진 비명과 함께 욕을 한 바가지로 쏟아내고 다케를 내쫓아버렸다. 당시 다케는 오랜만에 재회한 카나코를 보고 혹시나 싶어 서열 관계를 한번 확인해본 것이었다.

　그렇다고 다케가 남자라면 다짜고짜 덤비는 건 아니다. 그녀에게도 취향이라는 게 있다. 옆집 남자에게 한 것처럼 조롱을 하거나 윽박지르는 경우가 있는가 하면 투명인간 취급하며 눈길 한 번 안 주기도 한다.

남편은 어떤가. 그는 본인이 이 집의 가장이라고 여기는 눈치지만 속사정은 조금 복잡하다.

원래 이 집은 남편이 살던 곳이었다. 그런데 그가 자기 소유의 집에 나를 들여놓자, 순식간에 동양 여자들과 개들이 우르르 몰려들어 온 집 안을 헤집고 다녔다. 그는 우물쭈물하다가 졸지에 성별적으로 문화적으로 언어적으로 완전한 마이너가 되어 변변한 항변도 못한 채 지금껏 살아가고 있다. 그럼에도 남편이 생물학적으로 수컷인 것만은 분명하니 다케는 남편을 강하고 늠름한 이 집의 가장이라고 판단한 모양이다. 그리하여, 나는 다케가 뼛속까지 타고난 성차별주의자라는 결론을 도출하기에 이르렀다.

만일 내가 남자였다면, 다케에게 힘들여 복종훈련 따위 할 필요도 없었으리라. 다케는 애정 가득한 눈빛으로 나를 그윽하게 바라보고 갖은 아양을 떨며 내 말에 절대복종했을 것이다. 다케가 수컷이었어도 마찬가지다. 결국 피를 말리는 권력 투쟁은 오로지 나와 다케가 동성이었기에 비롯된 비극이었던 셈이다.

오호, 통재라!

 ## 다케의
마지막 사랑

몇 년 전, 구마모토에서 친하게 지내던 N과 K 부부가
캘리포니아에 놀러 와 우리 집에 며칠간 머무른 적이 있다. 그리고
그때, 다케는 삶에서 마지막이 될 불꽃같은 사랑을 했다.

당시 다케의 나이는 11세. 인간이라면 80세에 해당하는 늙을 대로
늙은 할머니였다. 그러나 다케는 나이에 비해 정정해 차도 잘 타고
산책도 잘했다. 나는 부부를 안내하면서 언제나 다케를 데리고
다녔다. 우리들은 사막도 가고 바다도 갔다. 날마다 다케와 걷는 산책
코스도 같이 걸었다. 다케는 늘 행복에 가득 차 있었다.

K의 남편인 N은 요리사였는데 우리 집 부엌에 들어가 종종 솜씨를
발휘하곤 했다. 그럴 때마다 다케는 부엌에 들어가서 N의 모습을
지그시 바라보았다. 그가 남은 고깃덩어리라도 던져주면 뛸 듯이
기뻐했다. 부부가 우리 집에 묵는 동안 다케는 N을 엄청 따랐는데,
그에게 엉겨 붙어 온갖 아양을 떨어대는 폼이 한눈에 봐도 사랑에
빠진 눈치였다. 어쩔 때는 그들이 묵는 손님방에 불시에 들이닥치는
만행도 서슴지 않았는데 N은 귀찮아하는 기색 하나 없이 잘 왔어,
하고 다정하게 쓰다듬어 주었다.

부부는 자기들의 산책길에 자주 다케를 데려갔다. 심지어 다케의

똥도 치웠다. 다케의 인생 통틀어 가장 행복했던 시절 중 하나였다.

시간이 흘러 부부가 돌아가는 날이 왔다. 부부와 우리 가족이 차에 짐을 싣고 있을 때, 다케는 우리 집 마당의 울타리 뒤에서 이쪽을 바라보고 있었다. 당혹감과 비통함이 뒤섞인 표정으로. 지금도 그 표정을 잊을 수가 없다. 개가 그토록 강렬한 감정이 깃든 표정을 지을 수 있다니.

N은 조수석에 있었는데 그의 표정 또한 압권이었다. 그 둘을 보고 있자니, 절절한 로맨스 영화의 한 장면이 절로 떠올랐다.

클로즈업된 여자의 얼굴. 클로즈업된 남자의 얼굴. 여자의 두 뺨에 미세하게 경련이 인다. 파르르 떨리는 입술 틈새로 나오는 말, "……사랑해요." 여자의 모습을 아련히 바라보는 남자의 눈동자가 급격하게 흔들린다. 울타리에 기댄 채 흐느끼며 무너져 내리는 여자의 모습을 카메라가 묵묵히 비추다가 서서히 화면이 흐려진다.

공항에 도착한 N이 무거운 표정으로 입을 열었다.

"차를 타기 전에 다케와 제대로 작별인사를 하지 못한 게 자꾸 마음에 걸려요."

회환에 가득 찬 표정으로 그는 잠시 말을 잇지 못했다.

일본에서 오랜만에 재회했을 때도 마찬가지였다. 그때 왜 차에서

내리지 않았는지 모르겠다, 내가 너무 어리석었다, 라고 N은
말하면서 다시 한 번 다케를 만나고 싶다고 간절한 표정으로
덧붙였다.

　50대 N과 80대 다케의 가슴 절절한 중년의 사랑은 그 후로도
오랫동안 내 마음을 뭉클하게 했다.

삐짱과 은밀한 놀이를
즐기다

다케와 마찬가지로 앵무새 삐짱의 공식적인 엄마는 둘째 딸 사라코다. 그러나 사라코가 독립하자 다케와 삐짱은 졸지에 고아가 되어버렸다. 애완동물 세계에선 흔히 있는 일이다.

나 역시 돌보던 고양이를 부모 집에 버려두고 훌쩍 떠난 적이 있다. 어릴 때는 반려동물을 피붙이마냥 사랑해서 어디든지 데리고 다니지만 파란만장한 인생의 파도 앞에서는 냉정하리만치 무관심해지기도 한다. 이성을 만나 가정을 꾸리고 아이까지 낳게 되면 애지중지하던 동물들은 찬밥 신세로 전락하는 경우도 부지기수다. 새도 다를 바 없다. 그러므로 사라코가 새를 제 새끼마냥 예뻐할 때도 언젠가 나에게 떠넘기고 제 갈 길을 가겠지, 하며 각오한 터였다.

사라코가 떠난 뒤 다케는 별문제 없이 나를 엄마로 받아들였다. 내 방에 이사 온 시점부터 다케는 내 개나 마찬가지였으니. 반면, 삐짱은 만만치 않은 상대였다. 이만저만 까칠한 게 아니어서 나는 혹독한 적응훈련을 거쳐야 했다.

처음에는 골을 잔뜩 내면서 근처에도 못 오게 했다. 궁리 끝에 수건을 어깨에 두른 다음 잘게 부순 음식을 그 위에 올려놓고 장갑 긴 손으로 삐짱을 붙잡아 필사적으로 어깨에 올려놓았다. 눈물겨운 노력에도 불구하고 삐짱은 신경질적으로 앙탈을 부리며 반항했다. 삐짱의 날카로운 갈고리모양의 부리는 가공할 위력을 선보였는데, 종이나 플라스틱을 비롯해 사람의 뺨과 손등 가리지 않고 난폭하게 쪼아대어 구멍을 뚫었다.

아무래도 장기전이 될 듯했다. 그러나 나는 절망하지 않고 아침에 일어나면 꿋꿋하게 삐짱을 내 어깨에 올렸다. 삐짱은 내 어깨에서 훌쩍 의자 등받이로 뛰어올라 책상 위에 착지한 다음 컴퓨터로 다가가 자판을 치곤 했다. 배가 고파지면 내 어깨 위에 올라타서 바늘처럼 뾰족한 부리로 내 입술을 무턱대고 잡아당기는 통에 입술이 찢어지는 줄 알았다. 눈물이 찔끔 나왔지만, 얼른 음식을 잘게 부순 다음 혀 위에 올려서 먹게 했다. 그렇지 않으면 입 안까지 부리를 들이밀고 마구 쪼아대어 잇몸이 너덜너덜해졌을 것이다. 목말라 하면 물을 입에 가득 머금고 흐르지 않게 천천히 입을 벌려 그 사이로 받아먹게 했다.

어미 새와 아기 새처럼 먹이를 챙겨주는 와중에 우리는 조금씩 가까워졌다. 나중에는 단둘의 은밀한 놀이까지 생겼다.

삐짱은 유난히 좁은 곳에 들어가기를 좋아한다. 수건으로 삐짱을 움켜잡고 내가 입은 스웨터 속에 넣으면 신나게 꼬물거린다. 새장에 넣어두면, 편안한 침대를 놔두고 굳이 침대와 횟대 사이에 몸을 꽉 끼이고 눈을 게슴츠레 뜨다가 노곤한 듯 잠에 빠져든다.

언젠가 삐짱이 내 등과 의자 등받이 사이에 끼어든 적이 있다.

나는 단번에 삐짱이 무엇을 원하는지 짐작하고는 등을 서서히 뒤로 밀었다. 등과 의자 등받이 사이에 낀 삐짱의 몸통이 짜부라지기 직전까지 압박해 들어갔다. 작디작은 생명체가 쾌감을 느끼며 부르르 몸을 떠는 감각이 고스란히 전해졌다.

우리는 종종 이러한 놀이를 즐기는데, 자신의 숨통을 조여오는 압박감을 느끼며 황홀경에 빠진 듯 전율하는 삐짱의 몸부림이 사랑스럽기 그지없다.

써놓고 보니 SM을 즐기는 변태 커플이 따로 없다. 그런데 내가 가냘픈 몸통을 내리누르며 몽롱한 기분에 취해 있다 보면 삐짱은 갑자기 180도 돌변해 나에게 기습 공격을 감행하는 배신을 자행하기도 한다. 내 머리카락이며 손가락을 무자비하게 쪼아대어 질겁한 적이 한두 번이 아니다. 입술이나 볼을 쪼아서 피가 철철 흐른 적도 있다. 농담이 아니라 정말로 구멍이 뻥, 뚫렸다. 어찌나 아프고 괘씸하던지 눈이 뒤집혀서 살인 충동을 느꼈을 정도다.

삐짱이 인간이었다면, 우리는 평소에 찰떡궁합을 자랑하지만 가끔은 너 죽자 나 죽자 싸워대는 다혈질 커플이 됐을 것이다. 그러나 안타깝게도 삐짱은 앵무새다. 개와 달리 우리 사이에 의사소통이란 존재하지 않는다. 애정도 기대도 없다. 예측도 불가능하다. 그런데 왜 새를 키우냐고 물어본다면…… 나도 뭐라 할 말이 없다.

 루이의 감정,
니코의 감정

루이를 새 식구로 들이면서 개들의 서열 관계에 균열이 일어나지 않을까 싶었지만 우려했던 사태는 벌어지지 않았다. 다케의 노화 덕분이다. 그렇다고 다케와 니코가 루이의 출현을 적극적으로 환영한 것도 아니지만.

다케는 니코가 자신의 방에 (정확히는 내 방에) 들어오는 일은 암묵적으로 허용했다. 다케 앞에서라면 죽는 시늉이라도 하던 니코도 나이가 들면서 어느 정도 '짬밥'이 생겼는지 가끔은 다케 옆을 도도하게 지나쳤다. 다케의 '다' 자만 들어도 벌벌 떨던 예전을 생각하면 실로 격세지감이 아닐 수 없다. 다케는 은근히 건방져진 니코를 그럭저럭 귀엽게 봐주는 태도를 고수했으나 루이는 시간이 지나도 늘 눈엣가시로 여겼다. 루이가 내 방 입구에서 얼쩡거리는 것만 봐도 으르렁거리며 목젖을 울렸다. 니코와 달리 초면부터 자신을 뒷방 늙은이 취급하던 루이가 괘씸해서 죽겠다는 속내가 엿보였다.

불행인지 다행인지 다케가 불쾌한 감정을 표출해도 몸이 따라주질 않으니 루이에게 직접적인 해는 끼치지 못했다. 루이가 근처를 지나갈 때마다 다케는 무섭게 호령하며 달려들었지만 늙고 뭉툭해진 이빨은 물려도 간지러운 수준이었다. 이렇게 몇 번 면상을 구긴 뒤로 다케는 표정 연기에 집중하기로 결심한 모양이었다. 심기가 불편해지면 안면근육을 잔뜩 일그러뜨려 도깨비처럼 험상궂은 표정을 지으면서 잔뜩 무게를 잡기 시작했다.

니코의 경우, 다케만큼은 아니더라도 루이를 상당히 껄끄럽게 여기는 건 마찬가지다. 안면근육 조절에 문제가 있는지 무서운 표정을 짓지는 못하지만 간혹 루이를 향해 신경질적으로 으르렁거릴 때가 있다.

식탁에서 내 의자는 언제나 니코의 전용석이다. 가족들의 식사가 끝나면 니코가 살그머니 다가온다. 그러고는 내 무릎 위로 풀썩 뛰어올라 왼쪽 허벅지에 똬리를 틀고 앉아 가족들의 대화에 참여한다. 그런데 루이가 어느 날부터인가 니코의 지정석을 침범하기 시작했다. 니코가 내 무릎 위에서 가족의 일원임을 인정받고 있으면 루이가 어슬렁거리며 다가와 나를 물끄러미 바라본다. 올라오고 싶은데 몸이 무거워 그럴 수 없으니 나를 바라보며 무언의 호소를 하는 것이다.

루이가 아버지와 함께 지내던 시절, 루이가 이런 눈빛으로 아버지를 올려다보면 아버지는 묵묵히 루이를 안아 올려주었다. 따뜻했던 둘만의 생활을 떠올리는 루이를 보면 마음이 짠해져 모른 척할 수가 없다. 니코가 왼쪽 허벅지에 앉아 있으니 루이는 오른쪽 허벅지에 앉힌다. 처음에는 낑낑거리며 답답해하던 루이도 그럭저럭 참을 만한지 이내 조용해진다. 그러나 이는 니코가 보기에 결코 용납할 수 없는 도발이자 폭거다. 눈이 뒤집힌 니코는 캉캉거리며 거세게 앙탈을 부린다.

차에 니코와 루이를 넣어두면 루이는 신속하게 조수석에 앉는다. 루이가 오기 전까지 그곳은 줄곧 니코의 자리였다. 니코는 할 수 없이 조수석 발치에 앉으면서도 내가 운전을 하는 동안 기를 쓰고 조수석에 기어오르려고 한다. 아무리 말로 명령하고 손으로 제지해도 헛수고다. 끝내 루이가 버티고 있으면 내 무릎에라도 오르려고 아우성친다.

반면 루이는 무사태평이다. 니코가 아무리 기를 쓰고 낑낑거려도 내 알 바 아니라는 식이다. 너그럽게 양보를 하지도, 그렇다고 시끄럽다며 왈칵 짜증을 부리지도 않는다. 그저 모든 것에 달관한 도인처럼 차분하다. 차가 크게 덜커덩거릴 적마다 (내 운전은 무척 난폭한 편이다) 루이가 니코를 덮칠 듯이 몸이 흔들리는데 움찔 놀라 발악하는 쪽은 언제나 니코다.

우리 부부가 침대에 누워 잠이 들려고 하면, 니코가 살금살금 침실로 기어 들어와 침대 위로 올라온다. 원래는 초저녁부터 침대 위를 호시탐탐 노렸는데 번번이 남편의 단호한 발길질에 밀려나자 결국 우리가 잠든 후에 몰래 진입하기로 작전을 바꾸었다. 아침이 되면 어김없이 남편, 니코, 나 이런 순서로 누워 있고 니코는 내 몸에

찰싹 달라붙어 숙면을 취하고 있다. 집요한 니코의 심야 침입에
남편도 포기한 지 오래다. 처음에는 나에게만 노골적으로 퍼부어대는
니코의 애정 표현에 퍽 감동을 받았으나, 남편이 일어나 나가버리면
새침하게 돌변해버리는 니코를 보고 기가 막혔다. 단둘만 남으면
니코는 나에게 휙 떨어져 남편의 책상 위에 올라가 몸을 웅크리고
누워버린다. 그리고 이내 쿨쿨 잠을 자기 시작한다. 이럴 땐 니코의
감정이 뭔지 알다가도 모르겠다.

아버지는 밤중에 루이와 살을 맞대고 있으면 그 무게와 온기가
살아 있음을 느끼게 한다고 수차례 말했었다. 아버지는 자신에게
엉겨오는 동물의 행동에 의미를 부여했지만 니코를 보면 모든
동물들이 다 그런 건 아닌 모양이다.

어쨌든 요즘은 루이 때문에 골치가 아프다. 니코처럼 우리 부부의
침대에 올라오고 싶어서 고군분투하는 중인데, 깡충거리며
뛰어올랐다가 낑낑거리며 발돋움을 했다가 그도 안 되면 침대
모서리를 발톱으로 사정없이 할퀸다. 그러나 아무리 안간힘을 써도
침대가 높아 올라가지 못한다. 니코는 침대 위에

편안히 자리를 잡고 밑에서
아우성을 치는 루이를
오만하게 내려다보며 낮게
짖어댄다.

해볼 테면 어디 한번 해보시지. 아무리 용을 써도 안 될걸. 어디서 감히 주제도 모르고 설쳐.

그저 으르렁거리는 소리지만 나는 분명히 의미를 해석할 수 있다.

루이는 니코의 폭언에도 아랑곳없이 부단히 침대 위에 올라가려고 애쓴다. 당연하다. 루이가 아버지랑 지내던 시절, 늘 아버지 옆에 찰싹 달라붙어서 잠을 잤다. 베개도, 담요도 루이 차지였다. 만일 루이에게 아버지를 잃은 상실감이 남아 있다면, 침대의 온기가 얼마나 그리울까. 루이의 마음을 헤아리면 당장이라도 안아 침대에 올려주고 싶지만, 남편이 펄쩍 뛸 게 분명하다. 니코는 남편의 열 배 이상 길길이 뛸 것이다. 구르는 돌이 박힌 돌을 빼낸다고 했던가. 어느 순간 자신의 영역을 야금야금 잠식당해 끝내 자기 자리를 빼앗기는 자의 슬픔과 고통을 나는 잘 알고 있다.

궁여지책으로 나는 몸을 아래로 내려 침대 발치에서 코를 킁킁거리는 루이의 가슴팍을 살살 쓰다듬는다. 아쉽지만 이걸로 만족하렴. 루이는 내 손가락 사이에 깊숙이 몸을 파고든다. 그때 침대 위에서 또 다른 발이 으드득 내 어깨를 긁는다. 니코다. 나는 다른 손을 뻗어서 니코의 가슴팍을 살살 쓰다듬는다. 루이와 니코의 행동에 어떤 감정이 있을까. 없다고 여기는 게 마음 편하겠지만 없을 리가 없다.

니코와 코요테의 운명적인 만남

내가 미국에 가고 싶었던 가장 큰 이유는 코요테를 보고 싶어서였다.

미국 인디언의 구전 시에 등장하는 코요테를 죽기 전에 꼭 한 번 보고 싶었다. 어린 시절 읽은 《시턴 동물기(미국의 동물학자 어니스트 시턴이 발표한 야생동물 관찰기)》의 영향이었다. 나는 책에 나오는 코요테의 모습에 완전히 매료되었다. 특히 우아하고 당당한 암컷 코요테를 보며 그녀처럼 살고 싶다고 다짐했다. 그토록 동경해 마지않는 코요테를 실제로 보고자 부푼 기대를 안고 미국 땅에 도착했거늘, 막상 와보니 코요테 한 번 구경하기가 하늘에 별 따기였다. 길가에서 사체를 몇 번 본 적은 있다. 살아 있는 코요테는 딱 한 번 보았는데, 캄캄한 밤에 운전을 하던 중 코요테 한 쌍이 헤드라이트 속에 휙 모습을 드러냈다가 눈 깜짝할 사이에 사라져버렸다. 길어봐야 1~2초 정도였을까.

그러던 어느 날, 코요테를 실물로 영접하는 순간이 드디어 찾아왔다. 추수감사절에 애리조나에 사는 친척집에 니코를 데리고 갔을 때였다.

언제 긴급 상황이 발생할지 모르는 노쇠한 다케와 예절 교육이

전무한 루이를 데려갔다가 아무래도 폐를 끼칠 것 같아 사라코에게
둘을 부탁했다. 니코만 데려가기로 결정한 데에는 얌전하고
예의바르기 때문도 있지만 루이에게 영역을 침범당해 적지 않은
스트레스를 받는 니코에 대한 위로의 의미도 담겨 있었다.

예상대로 니코는 뛸 듯이 기뻐하며 내 관심을 독차지하는 상황을
만끽했다. 주방에서 칠면조 조각을 배터지게 받아먹고, 밖에서
용변을 보도록 하루에도 몇 번씩 산책에 데리고 나갔으며, 주변
사람들에게 한껏 귀여움을 받았다. 길에서 마주치는 사람들은 모두
특이한 니코의 귀 모양에 비상한 관심을 보였다. 나도 무척
만족스러웠다. 잊고 있었다. 오로지 서로에게 집중하는 둘만의
관계가 이다지도 평안하고 행복한 것임을. 평생 이런 관계를 맺고
살아가는 사람들의 삶은 얼마나 평화로울까.

친척집 동네는 가는 곳마다 선인장이 가득했다. 큰 도로에서
멀찍이 떨어진 한가롭고 널따란 주택지는 야생의 자연환경이 오롯이
보존되어 있었다.

물 빠진 강가를 따라 산책 중인 어느 날이었다. 움푹 파여 자갈로
가득 찬 강바닥이 끝도 없이 이어졌다. 간혹 비가 내릴 때만 물이
흐르는 모습을 볼 수 있는데 홍수 때는 출입금지 푯말이 세워졌다.
강가 주변으로 부채선인장과 메스키트 관목이 무성했다.
무성하다고는 해도 남김없이 주변을 덮어버리는 조엽수와 달리

듬성듬성 땅 표면이 드러나 다소 휑한 분위기를 풍겼다.

　나는 니코보다 몇 발짝 앞서 걷고 있었다. 그런데 돌연 뒤따라오던
니코가 낮게 짖어대기 시작했다. 돌아보니 니코가 말라붙은 강으로
다다다 뛰어가고 있었다. 야생 토끼를 보고 쫓아가는 거려니 했는데
문득 저만치서 개 비스름한 동물 한 마리가 눈에 띄었다. 니코는
친구라도 발견한 듯 꼬리를 흔들어대며 반가운 제스처를 취했다.
시바견 정도의 몸집을 가진 동물은 전체적으로 어두운 털이 나
있었고 등이 유난히 거무스름한 빛을 띠었으며 다리가 길었다.

　상황을 제법 길게 적어서 그 순간이 길게 여겨질지 모르지만
실제로 상대의 기척을 느낀 니코가 컹컹 짖고 내가 시선을 돌려
그쪽의 생김새를 살펴보기까지 아무리 길어도 10초 안팎이었다.

나는 대번에 상대의 정체를 알아차렸다. 아아, 저것은…… 그토록
보고 싶었던 코요테가 아닌가.

"니코, 이리 와!"

나는 낮은 목소리로 니코를 불렀다. 니코가 코요테에게 가까이
다가가면 무사하지 못하리라. 위험을 직감하는 와중에도 나는 동경해
마지않던 생명체를 찬찬히 살펴보았다. 젊은 코요테였다. 검은색과
붉은색이 뒤섞인 털은 애견에게서는 볼 수 없는 거친 야생동물임을
나타내고 있었다. 코요테는 약간 경계심을 보이면서도 호기심 가득한
눈빛으로 니코를 가만히 응시했다. 팽팽한 긴장감이 흘렀다. 그러나
이내 시선을 거두고는 휙 뒤돌아서 메스키트 숲으로 달아가 버렸다.
니코가 뒤를 쫓기 시작했다.

"니코, 기다려!"

나는 다급하게 외쳤다. 그러자 니코가 우뚝 걸음을 멈추고는
사냥에 몰입한 포인터처럼 한쪽 앞발을 들어 올린 채 코요테가
사라진 숲속을 한동안 물끄러미 바라보았다.

개와 함께하는 삶은 한결같다.
늘 같은 것을 먹고, 같은 곳을 걷는다.
개는 늘 같은 기대와 고집, 태도를 취한다.
그렇게 하루를 보내고 이튿날 또 같은 날을 반복한다.
그러다 보면 인간과 마찬가지로 죽음의 그림자가 스멀스멀 다가오고
평온하던 삶에 그늘을 드리우기 시작한다.
다케와 함께한 마지막 2년 동안,
나는 삶과 죽음의 민낯과 마주했다.

그때가 찾아오다

 ## 그대가
찾아오다

그날, 다케는 아침 산책에 나갔다.

늘 그렇듯 위태롭게 비틀거리며, 내가 바닥에 떨어뜨린 쿠키를 하나씩 주워 먹으며, 10킬로미터가량을 걷고 집으로 방향을 틀었다. 길 중간에서 루이와 니코와 산책 나온 도메와 마주쳤다. 루이가 나를 보고 유유히 다가왔다. 그때였다. 다케가 잡아먹을 듯 짖어대며 루이에게 달려들었다. 상대의 서슬 퍼런 기세에 아연실색한 루이는 후다닥 도망가서 도메 품에 안겼다. 다행히 심각한 사태는 피했으나 루이는 다케에게 물려 상처가 생기고 말았다.

그즈음부터, 내 어깨를 짓누르는 부담감이 부쩍 커지기 시작했다.

다케와 니코, 루이가 나에게 모든 것을 의지하며 살아간다. 몸 대부분의 기능이 망가져가는 늙은 다케, 사회성도 없고 예의범절도 모르는 루이, 다케와 루이 등쌀에 시달리는 니코, 그리고 까칠하고 예민한 삐짱. 새장을 벗어나면 자유를 만끽할 만도 한데 늘 내 어깨 위에 앉아 있다. 이들을 돌보는 것만으로도 하루하루가 벅찬데 갈수록 성질이 괴팍해지는 고령의 남편과 이기적인 딸들(뭐, 그 시절엔 나도 그랬지만)까지, 그야말로 심신이 방전될 지경이었다. 날마다 다케가 싸지른 똥오줌을 정리하고 고약한 냄새를 뿜어내는 요가매트를 벅벅 씻으면서 나는 인내심의 한계를 느끼기 시작했다. 모든 것에 진절머리가 났다. 대체 언제까지 이 짓을 계속해야 하는가.

돌이켜보면, 아버지 때도 그랬다.

8년 동안, 캘리포니아와 구마모토를 바쁘게 오갔다. 처음에는 2개월 간격으로 움직였는데 아버지의 상태가 악화되면서 한 달 반으로, 한 달로 점점 좁혀졌다. 마지막 몇 개월 동안은 이러다가 내가 먼저 쓰러지겠다 싶었다. 몸을 질질 끌다시피 비행기에 오르고 열 몇 시간을 견뎌 간신히 구마모토에 도착하면, 숨 돌릴 틈도 없이 아버지의 온갖 신경질과 투정을 받아내기 바빴다. 삶에 대한 미련과 죽음에 대한 불안으로 볼품없이 무너져 내리는 아버지를 지켜보는 내 마음은 착잡함 그 자체였다. 날이 갈수록 몸과 마음이 지쳐갔고 급기야 나는 마음속으로 이렇게 한탄했다. 대체 언제까지 이 짓을 계속해야 하는가. 그러나 마지막은 얼마나 허망하게 찾아왔던가.

산책길에서 나에게 달려오는 루이에게 응징을 감행한 다케는 집에 오자마자 곧장 내 방에 틀어박혀 내리 잠만 잤다. 저녁 무렵에는 볼일을 보러 터덜터덜 데크로 나갔다. 허리를 힘없이 떨어뜨리고 숨을 들이켜 배에 힘을 힘껏 주었지만 아무것도 나오지 않았다. 얼마 뒤에는 토를 하려는지 구역질을 했으나 역시 아무것도 나오지 않았다. 그러자 다케는 데크 위를 잠시 배회하는가 싶더니 집 뒤편으로 걸어갔다. 뒷마당에는 선인장이 자라고 있어서 잘못 건드리면 가시에 찔릴 우려가 있었다. 나는 황급히 뒤를 쫓아갔다. 다케는 뒷마당에 우두커니 서 있었다. 그렇게 잠시 어슬렁거리다 집 안에 들어왔고 이내 다시 뒷마당으로 나갔다.

저녁때 다케를 산책에 데리고 갈까 했지만 컨디션이 안 좋아 보여 그만두고 우유만 주었다. 다케는 그토록 좋아하는 우유를 한입 건성으로 핥아 먹더니 나머지는 전부 남겨버렸다. 저녁밥도 먹지 않았다.

"예전에 뇌졸중 걸렸을 때도 이랬었어."

도메가 말했다.

"입맛도 전혀 없었어. 그런데 엄마가 돌아오니까 거짓말처럼 기운을 차리고 밥도 잘 먹더라고."

그날 밤 열 시 즈음, 나는 작업실에서 게임 중이었다. 컴퓨터 화면에 생기는 마작 패 중에서 같은 모양을 발견해 하나씩 지워가는 단순하기 짝이 없는 게임. 나는 한 번 빠지면 끝장을 보는 성격이다. 지금껏 잡다한 것에 중독되어 심신을 망쳐왔다. 이번에도 마찬가지다. 아무짝에도 쓸모없는 게임에 갖가지 구실을 붙이며 빠져든다. 재미가 있어서라기보다 중독에 가깝다. 술이나 약물중독처럼 증상은 똑같다. 단지 돈이 들지 않는다는 차이만 있을 뿐. 원고 마감이 코앞으로 다가왔고 신들린 듯 자판을 두드려도 모자랄 판국에 얼빠진 사람처럼 컴퓨터 화면의 마작 패를 바라보고 있다. 스스로가 한심하고 남은 업무를 생각하면 불안해 죽겠는데도 도무지 끊을 수가 없다.

내가 게임 삼매경에 빠져 있는 동안 다케는 줄곧 후후, 하고 신음 소리를 토해냈다. 평소의 소리와 조금 달랐다. 자러 들어가는 남편이 내 방을 지나가면서 불쑥 입을 열었다.

"상당히 괴로워 보이는데……. 그 문제, 진지하게 다시 생각해보면 어때?"

그 문제라…….

나는 마우스에서 손을 떼고 다케를 바라보았다. 고개를 들 힘도 없는지 다케가 눈만 위로 끔벅 올리고 나를 바라보았다. 잠시 다케를 어루만졌다. 그제야 힘겨운 신음 소리가 멈췄다. 다케는 그저 쓰다듬어 주길 바랐을 뿐인데 나는 이 보잘것없는 게임 따위에 빠져 있었구나. 내 자신이 미련하고 한심해서 견딜 수가 없었다.

잠시 동안 말없이 다케를 쓰다듬었다. 다케는 살아갈 기력이 완전히 소진된 것처럼 보였다. 남편 말이 맞을지도 모른다. 나는 사라코에게 휴대폰으로 메일을 보냈다.

'다케가 무척 고통스러워 보인다. 슬슬 안락사를 생각해볼 때가 온 것 같아.'

얼마 뒤 사라코가 돌아왔다. 도메도 2층에서 내려왔다. 모두 내 방에 모여 앉아 다케를 쓰다듬으면서 안락사 문제에 대해 이야기를 나누었다.

"그래도 내일은 싫어."

도메가 울먹였다.

"엄마도 없고, 나도 출근해야 하고, 넌 학교에 가야 하잖아. 어쩔 도리가 없어."

사라코가 이렇게 말하며 나를 바라보았다.

"엄마도 싫지? 집을 비웠을 때 다케가 죽어버리는 건 말야."

나는 이틀 후 출장을 갈 예정이었다.

"하지만 오로지 우리들 일정 때문에 다케를 안락사시킨다는 건 좀……."

내가 주저하자 딸들도 고개를 끄덕였다.

"저번에도 엄마가 없을 때 우리가 다케를 잘 돌봤잖아."

도메가 목소리를 높였다.

"그땐 네가 여름방학이었으니까. 지금은 학교를 다녀야 하니

힘들어. 여하튼 내일 오전에 상황을 좀 더 지켜보자. 도저히 안
되겠다 싶으면 엄마가 수의사에게 연락할게."

"하지만 다케는 차에 타지도 못하잖아."

도메가 다시 울먹였다.

"내가 다케를 안고 차에 태울게."

사라코가 짐짓 씩씩한 말투로 받았다.

"그래, 만일 그래야 한다면 단골 S선생에게 연락할게. 생판 모르는
수의사는 엄마도 내키지 않아."

"……죽이려고 다케를 병원에 데려가기는 싫어. 차라리 이대로
고통 받지 않고 오늘 밤에 편안히 눈을 감았으면 좋겠어."

사라코의 눈시울이 살짝 붉어졌다.

아이들이 정성스럽게 쓰다듬는 사이에 다케는 다소 활기를 되찾은
기색이었다. 루이가 내 방을 흘깃거리자 고개를 들고 무서운 표정을
지어 보이기도 했다.

"이것 봐. 다시 건강해졌어."

도메가 안심하듯 말했다.

그렇게 가족회의는 끝났다. 나는 거실에서 다케가 싼 소변을
발견하고 걸레로 닦았다. 방에 돌아왔더니 사라코가 똥이 담긴
비닐을 들어 보였다.

"방금 전에 다케가 똥 쌌어. 억지로 쥐어짜낸 것처럼 엄청 딱딱해."

나는 고개를 끄덕였다.

"그것 때문에 아까부터 끙끙댄 모양이네."

서서히 동이 터왔다. 사라코는 출근하기 전에 잠깐 들르겠다는
말을 남기고 자기 집으로 돌아갔다. 도메는 자기 방에 올라갔고 나는
메일을 쓰기 시작했다. 답변을 보내야 할 메일이 있었다. 길어야
5분에서 10분 사이. 키보드를 치고 송신 버튼을 누르고는 책상
아래를 내려다보았다.

다케는 죽어 있었다.

메일을 쓰면서도 다케의 숨소리가 들리지 않아 신경이 쓰였었다.
호흡이 꽤 기네, 그래도 많이 괴로워하진 않는군, 하면서 메일을 써
내려갔다. 그러다 글쓰기에 몰두하느라 다케를 까맣게 잊어버렸다.
그래 봤자 고작 2~3분. 메일을 보내고 한숨 돌린 뒤에도 여전히
다케의 숨소리가 들리지 않았다.

다케를 바라본 순간, 나는 직감적으로 느꼈다.

가버렸구나.

다케는 자는 것처럼 보였다. 그러나 다리를 축 늘어뜨린 모양이 퍽
부자연스러웠다. 다케의 배를 뚫어져라 쳐다보았다. 늘 그랬듯이.
그런데 이번에는 아무런 미동도 없었다. 손을 뻗어 만져보았다.
다케가 놀라서 고개를 들리라 기대했으나 꿈쩍도 하지 않았다.

자리에서 일어나 도메의 방으로 향했다. 방 안은 캄캄했다. 잠든

도메를 흔들어 깨우고 다케가 죽었다고 밀했다. 침대에서 책을 읽던 남편에게도 이 사실을 전했다. 그리고 사라코의 휴대폰에 메일을 보냈다.

'다케, 죽었음.'

사라코가 한걸음에 달려왔다. 자기 집에 막 도착했을 때 메일을 받았다고 했다. 딸들은 번갈아 다케를 안고 울음을 터뜨렸다. 도메는 자기 방에 장식해둔 향을 내 방에 가지고 와서 불을 붙였다. 사라코는 꽃을 피운 난 화분을 다케 옆에 두고 조용히 입을 열었다.

"오늘은 여기서 잘게."

두 딸은 각자 자신의 방에 들어갔다. 집 안에 고요한 정적이 내려앉았다. 나는 방에서 메일을 두세 개 더 썼다. 다케가 누워 있지만 다케는 이미 거기에 없었다.

아침이 되었다. 사라코가 애견용 장례업체를 검색해보고 '영원한 벗'이라는 회사가 집에서 가장 가깝다고 전했다. 우리는 다케의 몸통을 사라코의 이불 시트로 감쌌다. 니코가 몇 번이고 다케의 냄새를 맡으며 어리둥절한 표정을 지었다. 다케의 눈은 굳게 감겨 있었다. 입은 벌어지고 혀가 쑥 나오고 배는 불룩했다. 그 외에는 평소와 다를 바 없는 모습이었지만, 다케는 이미 거기에 없었다.

'영원한 벗의 화장터'의 직원이 방문한 것은 사라코와 도메가 외출한 뒤였다.

"다케 이제 가요."

나는 남편을 불렀다. 여느 때 같으면 한참을 미적거리며 뜸을 들일 남편이지만 오늘은 한달음에 나왔다.

직원과 내가 다케를 들것에 옮겼다. 늙고 힘이 빠지면서 살도 빠지긴 했으나 30킬로그램은 족히 넘는 무게였다. 한창 때는 40킬로그램까지 나갔다. 하얀 시트 밖으로 다케의 발끝이 삐죽 나왔다. 다케를 밖으로 옮길 때까지 나는 무게를 감당하지 못해 모서리에 부딪쳤다. 그때마다 시트 밖으로 나온 다케의 발끝이 무심하게 흔들렸다. 칠칠치 못한 엄마를 용서해주렴.

차에 태우고 시트를 젖히고 다케를 마지막으로 쓰다듬었다. 변함없는 모습이었지만 다케는 이미 거기에 없었다.

다케는 가버렸다.

부모님을 떠나보낼 때도 사회장(입관하기 전, 조문객과 마지막 인사를 위해 망자의 머리를 단정히 손질하고 곱게 화장을 하는 등 겉모습을 말끔하게 꾸미는 일)을 해서인지 가버렸다는 느낌은 들지 않았었는데. 나는 다케의 덥수룩한 얼굴과 뻣뻣한 다리를 바라보며 속이 텅 빈 껍데기 같다는 생각을 했다.

다케는 조금 전까지 여기에 있었다. 그러나 이제는 없다. 조금 전까지 여기에 있던 것은 대체 무엇이었을까.

그때 이후로 나는 게임을 한 적이 없다.

루이의 마음

꿈을 꾸었다.

나는 체외수정으로 '존'이라는 아이를 낳았다. 생물학적인
아버지는 A, 나와 함께 키우는 남자는 B다. 둘은 분위기가 비슷한데
둘 다 젊고 흑발에 피부가 까무잡잡하고 얼굴이 귀엽다. 나는 B와
섹스를 하지만 A와는 하지 않는다. 두 남자 모두 나에게 마음이 있다.
나는 A와 B에게 동시에 구애를 받는 상황이 부담스러우면서도
은근히 즐기는 중이다. 적당히 튕기고 적당히 애교를 부리면서 어느
쪽을 선택할까, 하는 행복한 고민을 하다가 꿈에서 깼다.

일어나고 보니 어이가 없어서 헛웃음이 나왔다. 긴긴 세월을
살아오면서 꿈에서처럼 영광스러운 일은 한 번도 없었다. 욕구불만의
반영일까도 생각해봤지만 이내 고개를 가로저었다. A와 B는
사랑스럽기는 했으나 내 취향은 아니다. 나는 지적이고 적당히
뱃살이 있는 연상의 남자를 좋아한다. 젊고 귀여운 남자는 관심
밖이다. 참 이상한 꿈도 다 있다 하면서 아침 산책에서 돌아와
컴퓨터를 켜다가 나도 모르게 무릎을 탁 쳤다. A와 B는 니코와
루이였다!

내가 의자에서 일어선다. 니코와 루이가 일어서서 나를 바라본다.

내가 움직인다. 니코와 루이가 뒤따라온다. 차에 태우면 니코와 루이는 서로 내 옆에 타려고 티격태격한다.

식사를 끝내면 으드득 으드득 조그만 발이 나를 긁는다. 니코다. 옆에 앉혀달라는 의미다. 내가 이리 와, 하며 내 무릎을 두들기면 풀썩 뛰어오른다. 지정석은 내 왼쪽 허벅지. 니코의 입 속에 손가락을 집어넣으면 침을 잔뜩 묻히면서 혀로 간질이거나 질겅질겅 깨문다. 니코의 턱을 잡고 이리저리 흔들거나 부드럽게 몸을 쓰다듬으면 혼절이라도 할 듯 몸을 떨다가 앙증맞고 따뜻한 머리를 내 몸에 찰싹 붙이고 스르르 눈을 감는다. 소녀, 이대로 죽어도 여한이 없사옵니다.

니코가 나를 유혹하기 전에 루이가 선수를 치는 경우도 있다. 내 발밑에서 살랑살랑 꼬리를 흔들면서 끊임없이 나에게 무언의 눈빛을 보낸다. 옆에 앉고 싶다는 의미다. 내가 손을 뻗으면 앞발을 올리고 체중을 실어 안겨온다. 내가 아무리 독려해도 루이는 결코 스스로 의자에 뛰어오르는 일이 없다. 못하는 게 아니라 안 하는 것 같다. 해주면 참 좋겠는데 죽어도 안 하려고 하니 할 수 없이 내가 해준다.

루이를 안아 올려 의자에 앉히면 저쪽에서 니코의 따가운 시선이 느껴진다. 니코는 땅이 꺼져라 한숨을 쉬고는 고개를 푹 숙이고 꼬리를 질질 끌면서, 이요르 인형(디즈니 만화 '곰돌이 푸우'에 나오는 눈이 처진

당나귀 캐릭터)처럼 불쌍하고 처량맞은 표정으로 발걸음을 옮긴다. 그렇게 내 방에 들어가서는 자기 방석에 동그랗게 몸을 말고 앉는다.

될 대로 되라는 심정인지, 아니면 아무 생각도 없는 건지. 애당초 될 대로 되라는 식의 반항적인 태도가 개에게 가능하긴 한 걸까. 아니면 그것이 가능한 인간의 눈에만 그렇게 보이는 걸까. 그래도 여전히 의문은 남는다. 거실에도 니코 전용 침대나 담요가 있는데 밝고 따뜻한 곳을 마다하고 굳이 캄캄하고 텅 빈 내 방에 들어가는 이유는 대체 무어란 말인가. 더군다나 니코는 혼자 있기를 누구보다 싫어한다.

생각이 꼬리에 꼬리를 물면서 니코의 행동을 관찰하고 있자니, 자신의 뜻대로 일이 풀리지 않으면 불편한 상황에서 스스로 멀어진다는 느낌이다. 태풍이 잠잠해지기를 기다리는 심정이랄까. 그렇다면 태풍이란 루이에게 자리를 뺏긴 상황인가, 아니면 니코의 복잡한 심경 그 자체인가. 아아, 개의 마음이란 참 알다가도 모르겠다.

그렇게 나 혼자 머리에 쥐가 나도록 골몰하다 공이라도 하나 보여주면 니코는 내 고민이 무색하게 꼬리를 흔들면서 쪼르르 따라온다. 이럴 때 보면 역시 개는 개다.

애리조나 친척 집에 갔다 온 뒤로 니코의 태도가 크게 변했다.

자신만 여행에 동행했다는 사실에 자신감이 한껏 팽배해진
기색이었다. 우리 부부의 침대에서 함께 자는 것도 니코뿐이다.
루이도 올라오고 싶어서 보채지만 침대가 너무 높아 역부족이다.
침대 모서리를 긁어대며 낑낑대는 루이를 보고 니코는 침대 위에
앉아 코웃음을 친다.

　남편의 무릎과 내 차의 조수석도 대개는 니코 차지다. 동석을
질색하고 자신의 자리에 대해 집착하는 건 오직 니코뿐이다. 루이는
아무 생각이 없다. 니코가 히스테리를 부리거나 말거나 자신만의
페이스로 평온한 삶을 영위한다. 느릿느릿 걷고 킁킁 냄새를 맡고
사람의 품에 안기고 (이것은 파피용 종의 본능적인 욕망이다) 먹고 자고
일어난다.

　다른 이를 전혀 의식하지 않는 행동은 할아버지와 단둘이 살던
8년간의 생활에서 비롯된 것이다. 이심전심이라도 둘만의 생활에
최소한의 소통은 존재했을 터. 아버지는 루이를 안고 쓰다듬고 함께
음식을 먹고 함께 잠들었다. 그러나 루이의 행동을 보고 있으면,
다케나 니코에게 존재하는 개의 마음이 상당히 약화된 느낌을
받는다.

　루이의 시아에 내 모습이 들어오긴 하지만 개의 마음이 약한 탓에
나와의 거리를 좁힐 생각은 하지 않는다. 주인이 이럴진대 다른 개들
따위는 안중에도 없다. 눈치를 볼 줄도 모르고 모든 것이

자기중심적이다. 민첩한 반응이나 소통은 기대하기 힘들다. 모르는 사람 눈에는 어릴 적 주인에게 큰 상처를 입고 마음의 문을 닫아버린 개로 보일지도 모른다.

반면, 무슨 일에든 민첩하게 반응하고 앞으로도 그럴 예정인 니코는 자신과 다른 루이의 태도에 언짢은 기색을 금치 못하고 앙칼지게 짖어대며 나무란다. 마치 예의범절 모르는 아이를 훈계하는 어른 같다. 그러고 보니, 나도 어릴 적에 어른들에게 꽤나 잔소리를 듣고 살았다. 복장과 자세부터 시작해서 경어 사용법, 연하장 쓰는 법 등등. 아버지나 어머니의 장례식 때도 까다로운 절차와 상식을 헷갈려서 몇 번이고 주의를 받았다. 그래서 그런지 나는 주변을 살뜰하게 챙기지 못하고 만사에 무심한 루이를 닦달하는 니코가 가끔 얄밉다. 니코가 말을 알아들을 줄 안다면 한마디 따끔하게 말해줄 텐데.

"예의란 타인과 자신을 속박하기 위해 지키는 게 아니야. 제발 그냥 내버려 둬."

 다케의
유골

어느 날 '영원한 벗' 회사에서 전화가 한 통 걸려왔다.

"귀하의 애견 다케의 ~가 완료되었으니 가지러 오십시오."

나는 무엇이 완료되었는지 제대로 알아듣지 못했다. 얼핏 '어~언'이라고 발음한 것 같은데 무슨 뜻인지 알 수가 없었다. 대략 짐작은 갔다. 전화를 끊고 사전에서 찾아보니 '유골 단지'를 의미하는 'urn'이었다. 나는 장례업체가 있는 곳을 향했다.

우리 집도 제법 한적한 교외에 위치한 편인데 그곳은 우리 집보다 훨씬 외진 변두리였다. 매서운 비바람이 사정없이 몰아치는 동네는 화장터나 묘지 특유의 을씨년스럽고 황량한 분위기를 물씬 풍기고 있었다. 최근에 지어진 듯한 고속도로가 휑한 들판을 지나 길게 뻗어 있고 빈터가 군데군데 널려 있다. 이동식 주택과 간이 사무소가 썰렁한 벌판 위에 무절제하게 세워져 있는데 그중 한 곳이 '영원한 벗' 회사였다.

나는 출입구를 착각해 뒷문으로 들어갔다. 문도 벽도 없이 간이 벽을 세워 대충 공간을 나눈 내부는 썰렁하기 그지없었다. 건너편에는 큼지막한 화장 시설이 둔탁한 소리를 내면서 역동적으로 돌아가고 있었고 몇몇의 멕시코 계 남성들이 묵묵히 일하는 중이었다.

한 마리, 두세 마리, 그리고 합동. 이렇게 화장 요금이 마리 수에 따라 달랐다. 다케는 한 마리 화장으로 부탁했다. 평소에 그토록 다른 개를 싫어했는데 마지막 가는 길을 불편하게 할 순 없었다.

'영원의 벗' 홈페이지의 '자주 받는 질문과 대답' 란을 보니, 이런 질문이 있었다.

'어떻게 그것이 우리 집 강아지 유골임을 믿을 수 있습니까?'

대답은 일부러 읽지 않았다. 믿지 않고는 별수 없다고 생각했다. 그런데 뒷문 너머로 펼쳐진 살풍경을 보니 오히려 안심이 되었다. 거대한 화장로 앞에서 표정 하나 없이 일하는 사람들. 주변을 유심히 쳐다보진 않았지만 그들의 손은 동물의 사체나 유골을 처리하고 있음이 분명했다. 며칠 전에는 다케가 그들의 손에 의해 화장로에 넣어졌으리라. 스산한 공간 속에서 지극히 사무적으로 일하는 사람들을 보면서 도리어 마음이 놓였다.

나는 조용히 뒷문을 나와 앞문으로 다시 들어갔다. 차갑고 썰렁한 사무소 내부엔 아무도 없었다. 일본의 애견 화장터 사무소도 비슷한 풍경이었다. 나는 애견 화장터는 동서양 모두 같구나 생각하면서 직원을 불렀다. 즉시 안쪽에서 사람이 나왔다. 뚱뚱하고 안색이 안 좋은 젊은 사내였다. 나는 일순 말이 막혔다. 뭐라고 말해야 하나……. 그러나 망설임은 오래가지 않았다. 그것밖에 없지 않은가.

지금까지 14년간, 수의사나 훈련소에서 줄곧 같은 호칭으로 불리지 않았는가. 나는 직원을 똑바로 바라보면서 천천히 입을 뗐다.

"다케 엄마입니다(I am Dake' s Mom)."

"카노코 엄마입니다."

"사라코 엄마입니다."

12년 동안 일본에서 이렇게 불렸다. 내 이름이 사라지고 누군가의 '엄마'로 불리는 일이 어색했던 건 아이를 낳고 처음 몇 개월뿐이었다. 금방 익숙해졌다. 오랫동안 나는 카노코의 엄마이자 사라코의 엄마였다. 어머님이라는 표현은 좀 낯간지럽긴 했지만. (미국에 오고부터는 '맘'이 되었는데 이 역시 금방 익숙해졌다)

이혼한 뒤 나는 아직 어린 두 딸의 손을 이끌고 캘리포니아에 건너왔다. 영문도 모른 채 낯선 땅에서 생활을 시작했던 아이들은 혼란스러워했고 갖가지 문제를 일으켰다. 나는 아이들의 행동을 기꺼이 받아들였다. 아이들이 학교에서 말썽을 일으켜 호출을 당할 적마다 나는 카노코 맘, 사라코 맘으로서 사태를 수습하려 동분서주했다.

그리고 다케가 왔다. 나에게는 '다케 엄마'라는 호칭이 하나 더 생겼다. 다케를 낳은 적이 없기에 처음에는 상당히 낯설었다. 그러나 이 또한 금방 익숙해졌다. 다케는 온전히 나의 보살핌 속에서 살아가는 존재였으니까. 그러고 보면 엄마란 누군가의 삶을 전적으로 책임지는 사람을 뜻하는 말일지도 모른다.

"다케 엄마입니다."

그리고 이날, '영원한 벗' 사무실에서 나는 다케의 죽음을 온전히 받아들였다.

언젠가 다시 이곳에 오게 되리라. 그리고 이렇게 말하게 되리라.

"니코 엄마입니다."

"루이 엄마입니다."

인간보다 짧은 개의 수명을 생각하면 언젠가 닥칠 일. 받아들일 각오는 되어 있다. 그러나 "카노코 엄마입니다", "사라코 엄마입니다", "도메 엄마입니다"라고 말하게 될 상황이 온다면, 이 또한 온전히 받아들일 수 있을까. 아직은 자신이 없다.

쓸데없는 걱정은 이쯤에서 그만하자.

세 딸들은 생명의 에너지로 충만해 있다. 싱그러운 향기를 내뿜는 꽃망울처럼. 우여곡절도 많았다. 캄캄한 터널 속처럼 아이들의 앞날이 어두워 보였던 적도 있었고 큰 병에 걸려 장기간 입원한 적도 있었다. 참고 버티고 견디면서 여기까지 왔다. 나는 속으로 빌었다. 부디 이런 곳에서 아이들의 이름을 부르는 일은 없기를.

젊은 사내는 선반에서 종이봉투를 하나 가지고 와서 내게 쓱 내밀었다. 손잡이가 달린 종이봉투 속에서 부스럭거리는 소리가 났다. 개의 발자국 무늬가 그려진 포장지였다. 순간 예쁘장한 선물을 받는 착각이 들었다.

그러나 다음 순간, 그 안에 다케의 유골이 담겨 있다고 생각하니 나도 모르게 눈시울이 뜨거워졌다. 다른 사람 앞에서는 절대 울지 않겠다고 다짐했거늘. 직원은 나를 바라보며 조건반사적으로 애도의 눈빛을 보냈다. 지금껏 질리도록 나 같은 사람을 겪어왔으리라. 철저하게 기계적으로 슬퍼하는 직원 앞에서는 울어도 부끄럽지 않을 것 같았다. 나는 보기 흉하게 쪼글쪼글해진 얼굴로 눈물을 가득 머금은 채 "고맙습니다" 하고 중얼거리고는 서둘러 밖으로 나왔다.

다케의 유골함은 아버지나 어머니의 그것과는 전혀 달랐다. 도자기가 아니라 묵직한 나무로 된 상자 안에 재가 가득 담긴 비닐봉지가 들어 있었다.

이것이 다케의 유골이구나.

비닐 가득 빽빽이 차 있지만 다케의 뼈 전부는 아닐 것이다. 다케의 유골은 촘촘하고 결이 고운 은백색 재였다.

상자 속에 '무지개다리'라는 제목의 글귀가 적힌 종이가 들어 있었다. 키우던 동물이 죽으면 '무지개다리를 건넜다'라고 표현하는데 이는 위의 글에서 전해진 것이다. 덤덤히 글을 읽어 내려가는데 주책없이 눈물이 솟고 가슴이 미어졌다. 개를 키우는 친구들도 작자 미상의 이 글을 읽고 있으면 하염없이 눈물이 흘러내린다고 했다.

예전에 인터넷에서 이 글을 발견해 번역한 적이 있다. 그때는 시의 형태로 번역해서 일본 그림책에 곁들였는데 원문을 다시 보니 제법 긴 산문이었다.

천국의 문 앞에 무지개다리가 걸려 있다.

다리 앞쪽으로 죽은 개들이 가는 장소가 있다.

푸르디푸른 초원이 끝없이 펼쳐진 그곳에서

이번 삶을 다한 개들은 행복하게 뛰어논다.

먹을 것도 풍족하고 햇살이 따스하게 비춘다.

늙었던 개는 젊어지고 아팠던 개는 건강해진다.

모든 개들이 즐겁고 활기차게 살아간다.

이토록 행복한 삶이건만, 그들에게도 한 가지 마음에 걸리는 게 있다.

보고 싶은 사람이 있다.

너무도 소중한 사람.

그러나 그 사람을 두고 먼저 와버렸다.

신나게 뛰노는 나날 속에서 이윽고 그날이 찾아온다.

한 마리 개가 갑자기 동작을 멈추고 머나먼 곳을 바라본다.

예민한 눈동자가 이내 무언가를 발견한다.

그리고 기쁨으로 몸이 떨리기 시작한다.

개는 무리에서 벗어나 달리기 시작한다.

날아갈 듯 발걸음이 빨라진다.

개가 향하는 곳에 누군가 서 있다.

바로 당신.

당신과 개는 재회한다.

기뻐하며 서로 얼싸안는다.

개는 당신의 얼굴을 미친 듯이 핥는다.

당신은 개의 머리를 쓰다듬고 개의 눈을 들여다본다.

오롯이 당신만을 신뢰하는 눈동자.

오랫동안 너의 눈동자를 보지 못했지만 단 한 번도 잊은 적이 없단다.

이제는 헤어지지 말자꾸나.

행복한 미소를 지으면서 둘은 함께 무지개다리를 건너간다.

사라코는 다케의 재가 담긴 봉투를 가슴에 품고 묵념하듯 조용히 눈을 감았다.

나도 이런 삶을
살고 싶다

　잠시 일본에 머물렀다가 집에 돌아왔다. 나를 보고 니코와 루이가
꼬리를 흔들며 달려 나왔다.

　'엄마 왔다!'

　열렬한 환영의 표시에 나는 싱긋 미소를 지으며 애견쿠키를
내밀었다. 작고 촉촉한 입 두 개가 덥석 물더니 눈 깜짝할 사이에
사라졌다.

　1월 말에서 2월 중순까지 집을 비웠다. 떠나기 전에는
캘리포니아도, 구마모토도, 도쿄도 찬바람이 쌩쌩 부는 겨울이었다.
그런데 집에 돌아와 보니 어느새 길거리에는 아카시아꽃이 새초롬히
얼굴을 내밀고 이웃집 정원에는 살구나무와 자두나무에 꽃이 만발해
있다. 우리 집 앞마당에 서 있는 나무에서 새 지저귀는 소리가
들려온다. 때마침 밸런타인데이가 코앞이라, 로맨틱한 날을 앞두고
새들이 사랑을 속삭이는구나 싶어 쿡 웃음을 터트렸다. 그런데 가만
귀를 기울여보니 감미로운 새소리라고 하기엔 참으로 두서없고
산만하다. 짹짹, 삑삑, 치치, 치크치크, 삐요삐요, 하는 소리들이
마구잡이로 울려 퍼지는데, 대체 이게 뭔가 싶어 나무 속을
살펴보았다. 엷은 갈색빛을 띤 평범한 새 한 마리가 얌전히 앉아 있다.

새침한 모습이 암놈인가 했는데 자세히 보니 수놈이다.

그러고 보니 예전의 기억 한 자락이 떠오른다. 꽤 오래전 일이다.

늦은 밤에 자려고 누웠는데 침실 밖에 서 있는 나무에서 새가 울기 시작했다. 달밤에 새소리라니, 꽤 정취가 있구나 하며 좋아했는데 가만히 듣고 있으니 보통의 새 울음소리와 달리 괴상하고 맥락이 없었다. 인사불성이 된 새가 술주정을 부리며 고함을 지르는 소리 같기도 했다. 울음소리는 그날부터 밤마다 이어졌다. 남편은 저놈이 '모킹버드'라는 새인데 다른 새들의 울음소리를 흉내 내기로 유명하다고 했다.

나는 그때를 떠올리고는 당장 컴퓨터로 검색을 해보았다. 역시 저 밖에서 희한한 소리를 내는 새는 모킹버드가 분명했다. 실제로 본 건 처음이었다.

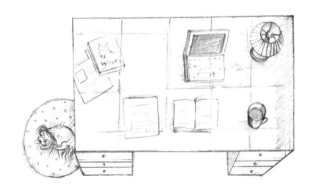

구마모토에 가서 아버지가 살던 집을 처분했다. 루이가 11년간 지낸 집이다. 11년 동안 루이와 걷던 정원도 이제 더 이상 갈 일은 없으리라.

정리업체 직원이 들어가 집 안의 물건들을 몽땅 밖으로 끌어냈다. 아버지가 죽은 직후에는 아버지와 루이의 일상사가 고스란히 느껴졌는데, 가구며 물건을 모조리 들어낸 텅 빈 공간에 서 있으니 죽음의 본질이 온몸으로 느껴졌다.

없어진다. 없애버린다. 죽음이란 그런 것이다.

상념에 빠질 새도 없이 건축업자들이 불쑥 들이닥쳐서 부지런히 집 안 곳곳을 손보기 시작했다. 루이의 소변으로 얼룩진 거실 바닥을 드러내고 새것으로 말끔하게 교체했다. 얼마 뒤에는 부동산업자가 들어와서 상태를 꼼꼼하게 점검했다. 일 처리는 전문가에게 맡겼는데 번거로운 절차가 제법 많았다.

아버지와 루이를 돌봐주던 도우미 분들도 만났다. 루이는 어때요, 하고 묻기에 건강하게 잘 지내요, 영어도 배웠어요, 라고 대답했다.

루이가 이해하는 영어는 "루이!", "컴!"이다. 그렇게 부를 때마다 쿠키를 주었더니 금세 외웠다. 이럴 때 보면 꽤 영리하다. 그런데 이 말이 통하는 건 산책 중일 때뿐, 집 안에서는 들은 척도 안 한다. 지능과 의지는 별개이니 어쩔 수 없다.

루이는 잘 지낸다. 전보다 건강이 좋아져 발작 빈도도 줄어들었다.

그럼에노 여전히 다케나 니코에 비하면 못하는 (혹은 안 하는)
것투성이다. 이리 와, 기다려, 앉아, 이제 괜찮아 등등.

'이제 괜찮아'는 우리 집 개들에게 자유를 선사하는 강력한
말인데, 다케가 강아지 때부터 사용해왔다. 영어와 일어를 혼동하지
않기 위해 처음부터 일본어로 통일했다. 이 말은 실로 다양한 뜻을
포함한다. 명령 동작을 풀어도 좋다, 먹어도 좋다, 달려도 좋다,
나가도 좋다, 들어와도 좋다…… 그야말로 무궁무진하다.

차를 멈추고 문을 연다.

"이제 괜찮아."

개들은 기다렸다는 듯 앞으로 튀어나간다. 유일하게 루이만
돌부처처럼 앉아 있다. 나와 니코가 집 안에 들어가 버려도 당황하는
기색 하나 없다. 몇 번이나 훈련을 시켰으나 허사로 끝났다.

결국 내가 차에 돌아와 루이를 안아 올린다. 데크 문을 열어주고
"이제 괜찮아"라고 말해도 루이는 나가려는 기색이 없다. 루이의
눈에는 이 말 한마디에 기뻐 날뛰는 다케와 니코가 이상해 보일
것이다. 평생 명령 따위 받지 않고 살아왔다. 이제 와서 명령을 받을
이유도, 그럴 마음도 없다.

"이제 괜찮아"라고 말하지 않았는데도 루이는 유유히 밖으로
나가버린다. 그러고 보니 루이의 자유로운 기질은 구마모토에서도 몇
번의 탈주 사건으로 이어져 아버지의 간담을 서늘케 한 적이 있다.

캘리포니아에서도 몇 번인가 낯선 사람에게 루이를 데리고
있습니다, 라는 전화를 받았다. 길을 지나가다 거리를 배회하는
루이를 발견해 연락을 해온 사람도 있고 가까운 교회나 중학교
관리실에서 전화가 걸려온 적도 있다. 루이의 목에 미아용 명찰을
달았기에 망정이지 안 그랬으면 온갖 고생 끝에 미국 땅을 밟은 지
얼마 안 돼 미아로 전락할 뻔했다. 미아용 명찰은 다케와 니코도
걸어주었지만 실질적으로 도움을 받은 건 루이가 처음이다.

문 틈새로 빠져나가려고 버둥거리는 루이를 황급히 붙잡은 적도
많다. 나는 잽싸게 다리를 뻗어 루이의 발을 쳐낸다. 민첩한 태클로
탈출이 불발에 그친 루이는 항의의 뜻으로 무섭게 으르렁댄다.
루이에게는 도무지 주인에 대한 복종심이라는 게 없다.

루이는 나에게 복종하지 않는다. 아니, 정확히 말하면 사람에게
전적으로 의존하는 삶을 이해하지 못한다. 그러므로 공원을 산책할
때도 자기 갈 길을 가느라 종종 나를 잊어버린다. 뒤늦게 그 사실을
깨닫고는 여기저기 기웃거리지만 다케나 니코처럼 절박하고 필사적인
느낌은 눈을 씻고 찾아봐도 없다. 니코가 어미 잃은 아이마냥 귀를
쫑긋 세우고 마구 짖어대며 나를 찾아다니는 데 비해 루이는 주변을 쓱
한 번 둘러보고 내가 보이지 않으면 무심한 표정으로 제 갈 길을 간다.
뭐, 없으면 말고, 하는 식이다. 이러니 이번에도 내가 루이의 꽁무니를
쫓아갈 수밖에.

예전에는 집에서 다케와 숨바꼭질을 자주 했다. 다케가 다른 것에
정신이 팔려 있으면 내가 살그머니 가구나 물건 뒤에 몸을 숨겼다.
숱하게 해오던 일이라 놀이인 줄 알고 있음에도 다케는 늘 내가
없어지면 눈에 띄게 당황하며 안절부절못했다. 지금도 그 표정을 잊지
못한다.

다케가 우왕좌왕하면서 내가 숨어 있는 곳을 지나가면, 나는
속으로 킥킥거렸다. 그런데 다음 순간, 다케는 꼭 나를 찾아냈다.
지금도 잊지 못한다. 나를 발견했을 때 안도와 기쁨으로 헤벌쭉 웃는
다케의 표정을.

아버지가 살던 집이 갖가지 물건과 가구로 가득하고 침대와
고다츠(일본식 난로)에 루이의 털이 수북하고 집 안이 노인과 개의
냄새로 진동하던 그 시절, 아침 아홉 시가 되면 도우미가 온다.
아버지는 그 시간에 맞추어 세수를 끝낸다. 도우미가 신문을
가져다주고 아버지와 루이의 아침밥을 만들어준다. 순식간에 자기
밥을 먹어치운 루이는 신문을 읽으면서 밥을 먹는 아버지 주변을
알짱거리며 컹컹 짖어댄다. 아버지는 밥과 반찬을 루이에게 준다.
도우미가 돌아가면 아버지와 루이는 침대에 올라가 낮까지 늘어지게
잔다. 그리고 일어나서 점심으로 컵라면 한 개를 둘이 나눠 먹는다.
루이는 아버지 무릎에 앞발을 걸치고는 면이 없어질 때까지
짖어댄다. 라면을 먹고 나면 텔레비전을 본다. 네 시 즈음 다시

도우미가 온다. 루이는 도우미가 음식을 줄 때까지 짖어댄다.
아버지가 저녁밥을 먹기 시작하면, 도우미가 루이를 데리고 나가서
공원을 한 바퀴 돈다. 보기 좋게 식탁에서 멀어진 루이는 산책에서
돌아오자마자 아버지가 남긴 저녁밥 찌꺼기를 남김없이 비운다.

　　사납게 짖어대며 심술을 부리는 루이에게 모두가 혀를 내둘렀다.
너그러이 받아주는 이는 아버지뿐이었다. 내가 전화를 걸면 루이가
수화기 너머로 하도 정신 사납게 짖어대서 대화가 제대로 이어지지
않았다. 심하다 싶으면 아버지가 "얌전히!" 하고 제지했지만 그냥
넘어갈 때가 훨씬 많았다. 특히 루이의 식탐은 아무도 못 말릴 정도라
음식을 앞에 두면 먹기 전까지 그악스럽게 짖어대며 발악을 했다.

　　저녁을 먹고 아버지는 다시 텔레비전을 본다. 루이는 아버지
발치에 드러누워 빈둥대다가 싫증이 나면 아버지를 향해 짖는다.
알았다, 알았어, 하고 아버지가 일어서서 센베이(일본식 구운 과자)를
함께 나누어 먹는다.

　　루이는 드라마가 끝나는 여덟 시 무렵부터 재차 짖기 시작한다.
이쯤 되면 짜증이 솟구칠 만도 하건만, 아버지는 "뭐야, 벌써 졸리냐"
하고 텔레비전을 끄고는 루이와 함께 침대에 올라간다. 루이는
아버지에게 찰싹 엉겨 붙는다. 불을 꺼도 좀처럼 잠이 오지 않지만
아버지는 억지로 잠을 청한다. 아버지와 루이는 8년 가까이 이처럼
날마다 똑같은 일상을 보냈다.

"밤중에 루이가 얼마나 엉겨 붙는지. 그런데 무겁고 갑갑하면서도 참 따뜻하다."

아버지는 늘 이렇게 말했다.

제멋대로 생활해온 8년 동안 루이의 몸은 대책 없이 불어났다. 뒤룩뒤룩 살쪄서 간질병도 생기고 혀도 마비되고 췌장과 심장도 나빠졌다. 본인은 행복했을지 모르나 개로서의 생활은 엉망진창이었다.

지금도 루이는 사람 무릎에 올라오고 싶어 한다. 안아서 올려주면 기뻐한다. 내가 집에 돌아오면 반갑게 맞이한다. 내가 걸으면 뒤따라 걷는다. 그러나 개의 마음은 잊어버렸다. 니코처럼 토끼나 다람쥐를 쫓지 않는다. 다른 개를 경계하지도, 함께 놀고 싶어 하지도 않는다. 냄새를 맡고 소변을 보긴 하지만, 그럴 때 다른 개가 가까이 다가와도 경계하지 않는다.

캘리포니아에 봄의 계절이 찾아왔다. 루이가 널찍한 공원을 자유롭게 뛰논다. 니코처럼 리드 줄을 바닥에 질질 끌면서.

"컴!" 하고 부르면 다가온다. 쿠키를 받아먹은 다음 다시 나에게서 멀어진다. 내가 부르면 열심히 온다. 쿠키를 먹을 수 있으니까. 소기의 목적을 달성한 루이는 일부러 멀찍이 달려간다. 출렁거리는 몸통, 동그란 꼬리,

아버지와 지내던 시절에는 구경하지 못했을 모습이다. 8년 동안
루이는 전등이 켜진 집 안에서 오로지 먹을 것만을 갈구하며
살아왔다. 리드 줄을 단단히 붙잡지 않으면 함께 외출할 엄두도 못
냈다. 지금도 식탐은 여전하지만 그것 말고도 즐거운 오락거리가
많아졌다. 얼마든지 냄새를 맡을 수 있고 푸른 하늘 아래 마음껏 달릴
수 있다.

　도로 위에서 니코가 꾸물거리면 루이가 곁으로 다가와 이빨을
드러내며 재촉한다. 그것이 루이가 다른 개에게 보이는 유일한
반응이다. 혼쭐이 난 니코는 금세 꼬랑지를 내리며 기가 팍 죽는다.
평소에 자기가 루이 앞에서 얼마나 엄하게 군기를 잡았는지는
새카맣게 잊어버린 눈치다. 참, 고 녀석 성격도 좋다. 삐치거나
꽁하지도 않고 흔쾌히 그때그때 상황을 받아들인다. 얼마나 편한
삶인가. 아아, 나도 이런 삶을 살고 싶다.

　아버지와 보낸 세월 동안 루이는 개의 마음을 잃어버렸다.
그렇다면 루이는 개로서 불행한 걸까. 이따금 루이를 바라보며 이런
생각을 한다. 아무리 생각해도 결론은 나오지 않는다. 하지만 한
가지는 확실하다. 루이는 언제까지나 루이일 뿐이라는 것.

에필로ㄱ

다케가 무지개다리를 건넌 뒤로 집과 차에 충만했던 지린내가 거짓말처럼 사라졌다.

요가매트는 몽땅 갖다 버렸다. 아무리 빨아도 냄새가 지워지지 않은 탓이다. 다케가 쓰던 침대도 전부 버렸다. 내 방에 있는 하나만 빼고. 자리를 차지하지만, 없으면 허전해서 견딜 수가 없다.

다케의 침대는 루이 차지가 되었는데, 무척 편안한지 사지를 쭉 뻗고 드르렁 코를 골며 잠을 잔다. 니코는 자기 방석 위에 동그랗게 몸을 말고 여유를 부린다.

개와 함께하는 삶은 한결같다. 늘 같은 것을 먹고 같은 곳을 걷는다. 개는 늘 같은 기대와 고집, 태도를 취한다.

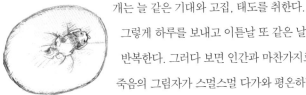

그렇게 하루를 보내고 이튿날 또 같은 날을 반복한다. 그러다 보면 인간과 마찬가지로 죽음의 그림자가 스멀스멀 다가와 평온하던

삶에 그늘을 드리우기 시작한다. 다케와 함께한 마지막 2년 동안, 나는 삶과 죽음의 민낯과 마주했다.

다케를 보내고 내 삶은 딱히 달라진 게 없다. 삶과 죽음에 대한 상념도 아스라이 사라지고 늘 그렇듯 밥과 산책으로 이루어진 일상이 반복된다. 촉촉한 혀와 살랑거리는 꼬리, 가만히 나를 올려다보는 선량한 눈망울이 내 곁에 있다.

니코와 루이가 몸을 기대온다. 무겁고 귀찮다는 생각도 잠시, 부드럽고 따스한 감촉에 이내 마음이 편안해진다.

〈문학춘추〉의 다나카 미쓰코, 니와 겐스케, 가와무라 요코에게 감사의 말씀을 전하고 싶다.

글을 쓰던 당시, 나는 아버지가 계신 구마모토와 다케가 있는 캘리포니아를 줄기차게 오가며 종족은 다르나 상태는 비슷한 둘을 보살폈다. 아버지와 다케는 변해갔다. 나도 변해갔다. 그리고 자연도 변해갔다. 이 책은 그 시기 여러 매체에 기고한 칼럼 중에서 아버지와 다케를 돌보고 끝내 그들을 저세상에 보내기까지 내가 느꼈던 감정과 에피소드의 기록을 엮은 것이다. 몸과 마음이 지칠 때마다 글쓰기를 통해 스스로를 다독이고 새로운 에너지를 얻을 수 있었다.

아까부터 두 쌍의 눈망울이 나의 일거수일투족을 지켜보고 있다. 시계를 볼 수 있는 능력은 없지만 그들은 직감적으로 안다. 산책 나갈 시간이라는 것을. 조금만 기다리면 엄마가 일어나서 부엌으로 가리라. 선반에서 리드 줄을 꺼내고 배변봉투를 주머니에 쑤셔 넣고 쿠키를 들고 이렇게 말할 것이다.

"가자!"

자, 그럼 다녀오겠습니다.

이토 히로미

옮긴이의 글

『개의 마음』은 초로(初老)의 여성작가가 14년간 동고동락한 개를 저세상에 떠나보내기까지의 2년 남짓한 세월을 기록한 에세이다. 그러나 다 읽고 나면, 늙고 병든 반려견을 지극정성으로 돌보는 내용에만 국한된 글이 아님을 알게 된다. 이 작품은 가족, 더 나아가 관계에 대한 이야기다.

작가가 가족이라는 이름으로 맺고 있는 관계는 성별, 나이, 국적, 심지어 종(種)의 경계를 뛰어넘는다.

그녀는 남편과 이혼한 뒤 두 딸과 함께 미국행에 오른다. 감수성 예민한 시기에 반강제적으로 낯선 타국에 던져진 딸들은 끊임없이 문제를 일으키며 엄마의 애간장을 태운다. 고집불통 유태계 남편과의 결혼 생활도 녹록치 않고 셋째 딸 육아도 바쁜데 설상가상 일본에 있는 아버지를 간병하러 다니느라 그야말로 몸이 열 개라도 모자란 상황이다.

여기에 자식 같은 다케와 니코가 있다. 오랫동안 보살핀 세 마리 개들은 경쟁하듯 그녀의 사랑과 관심을 갈구한다. 그리고 까다롭고 변덕스러운 앵무새 삐짱과 아버지의 죽음 뒤 합류한 루이까지.

가족이라는 이름으로 맺어진 동물과 사람들이 서로 의지하고 보살피며 살아간다. 본문 속에 인용된 브레맨 음악대처럼. 지치고 힘든 순간도 찾아온다. 일본에서 홀로 외롭게 늙어가며 예민하고 난폭해지는 아버지와 저마다의 개성과 고집을 가진 가족 및 반려견을 돌보면서 그녀는 강한 염증을 느끼게 된다.

다케와 니코, 루이가 나에게 모든 것을 의지하며 살아간다. …… 이들을 돌보는 것만으로도 하루하루가 벅찬데 갈수록 성질이 괴팍해지는 고령의 남편과 이기적인 딸들까지, 그야말로 심신이 방전될 지경이었다. 날마다 다케가 싸지른 똥오줌을 정리하고 고약한 냄새를 뿜어내는 요가매트를 벅벅 씻으면서 나는 인내심의 한계를 느끼기 시작했다. 모든 것에 진절머리가 났다. 대체 언제까지 이 짓을 계속해야 하는가.
돌이켜보면, 아버지 때도 그랬다. 8년 동안, 캘리포니아와 구마모토를 바쁘게 오갔다.…… 집에 도착하면 숨 돌릴 틈도 없이 아버지의 온갖 신경질과 투정을 받아내기 바빴다. 삶에 대한 미련과 죽음에 대한 불안으로 볼품없이 무너져 내리는 아버지를 지켜보는 내 마음은 착잡함 그 자체였다. 날이 갈수록 몸과 마음이 지쳐갔고 급기야 나는 마음속으로 이렇게 한탄했다.

대체 언제까지 이 짓을 계속해야 하는가.

___Chapter 7. '그때가 찾아오다' 중에서

아버지의 모습은 책 곳곳에서 다케와 오버랩 된다. 아버지를
간병하는 나날이 길어질수록 그녀는 모든 상황에 깊은 피로감을
느낀다. 그러다 덜커덕 마주한 아버지의 죽음. 그녀는 자책과 회한에
사로잡힌다. 아버지의 외로운 말년 동안 유일한 친구가 되어준
반려견 루이를 미국으로 데려온 건 허망하게 떠나보낸 아버지에 대한
죄책감의 발로일까. 루이를 가족으로 받아들이고 얼마 지나지 않아
또다시 이별의 순간이 찾아온다. 그러나 이제 더 이상 자책하고
괴로워하지 않는다. 애견 장례업체 사무소에서 "다케의
엄마입니다"라고 자신을 소개한 뒤 유골함을 받아 든 순간, 참았던
눈물이 쏟아지지만 차분히 다케의 죽음을
받아들인다. 그리고 남은 관계를
보듬어가며 다시금
일상으로
돌아간다.

다케를 보내고 내 삶은 딱히 달라진 게 없다. 삶과 죽음에 대한 상념도
아스라이 사라지고 늘 그렇듯 밥과 산책으로 이루어진 일상이 반복된다.
촉촉한 혀와 살랑거리는 꼬리, 가만히 나를 올려다보는 선량한 눈망울이
내 곁에 있다. 니코와 루이가 몸을 기대온다. 무겁고 귀찮다는 생각도
잠시, 부드럽고 따스한 감촉에 이내 마음이 편안해진다.

__ '에필로그' 중에서

이 작품에는 감정을 절제한 담백함, 괴롭지만 유머를 잃지 않는
넉넉함, 덤덤히 읊조리지만 가슴 한켠이 아릿해지는 뭉클함이 있다.
죽음에 대한 비장하고 절절한 슬픔 대신, 삶에 대한 무게와 자연의
이치를 받아들이고 꿋꿋이 앞으로 나아가는 희망이 있다.

반려견을 키운다면 누구나 겪을법한 일상적인 에피소드로 채워져
있지만, 마지막까지 읽고 나면 작가가 그간 일관되게 추구해온
테마인 '삶과 죽음'에 대한 담담하지만 따뜻한 통찰을 느끼게 될
것이다.

나지윤

개의 마음

1판 1쇄 발행 2015년 10월 7일
1판 3쇄 발행 2016년 12월 1일

지은이 이토 히로미
옮긴이 나지윤
일러스트 꼬닐리오

펴낸이 조윤지
P　R 유환민
디자인 최영진

펴낸곳 | 책비(제215-92-69299호)
주소 (13591) 경기도 성남시 분당구 황새울로 342번길 21 6F
전화 031-707-3536
팩스 031-624-3539
이메일 readerb@naver.com
블로그 blog.naver.com/readerb

'책비' 페이스북
www.FB.com/TheReaderPress

'개의 마음'
네이버 포스트

ⓒ 2015 이토 히로미
ISBN 978-89-97263-97-4

※ 책값은 뒤표지에 있습니다. 잘못된 책은 구입처에서 교환해 드립니다

책비(TheReaderPress)는 여러분의 기발한 아이디어와 양질의 원고를 설레는 마음으로 기다립니다.
출간을 원하는 원고의 구체적인 기획안과 연락처를 기재해 투고해 주세요.
다양한 아이디어와 실력을 갖춘 필자와 기획자 여러분에게 책비의 문은 언제나 열려 있습니다.
• readerb@naver.com